Scarlet and Black

푸른숲
징검다리
클래식

007

적과 흑

Scarlet and Black

스탕달 지음
손현숙 옮김

푸른숲주니어

'푸른숲 징검다리 클래식'을 펴내며

어린 시절, 할머니께서 조근조근 들려주시던 옛날이야기는 새로운 세상과 통하는 작은 창이었다. 상상의 날개를 달고 떠나는 창 너머 세상으로의 여행은 들어도 들어도 질리지 않는 재미와 마음속 깊은 곳을 울리는 감동을 선사해 주곤 했다. 그뿐 아니라 우리의 삶을 어떻게 꾸려 가야 하는지 곰곰이 생각해 보게 하는 지혜를 가르쳐 주었다. 말하자면 우리는 그 이야기들을 통해 '삶'을 배운 셈이다.

우리가 문학 작품을 읽어야 하는 까닭 또한 '삶을 배운다'는 점에서 크게 다르지 않다. 우리는 한 편 한 편의 문학 작품을 만나 사랑을 배우고, 우정을 배우고, 진실을 배우고, 지혜를 배운다.

그런 점에서 '푸른숲 징검다리 클래식'은 참 의미가 깊다. 오랜 세월을 거치며 각 나라의 문학사에 확고히 자리매김한 작품들을 한데 모았기 때문이다. 문학을 사랑하는 사람들이 즐겨 읽어 세계적인 명저로 일컬어지는 작품들……. 이를테면 우리 부모 세대, 아니 그 이전 세대부터 즐겨 읽었던 작품들로 많은 이들에게 삶의 의미와 가치를 일러주고, 또 '인생'이란 망망대해에서 등대 역할을 담당했던 것들이다.

세월이 흘러 사람들이 사는 모습도 달라지고 생각도 달라졌다. 그러나 시대와 장소를 뛰어넘어 변하지 않는 것이 있다. 바로 '삶'이다. 사람이 있는 곳이라면 어디든지 존재하는 삶은 항상 저마다의 무게를 떠안고 있다. 그 무게는 진실이라는 옷을 입고 문학 작품 속에 영원한 생명을 불어넣는다. 우리는 그것을 '고전'이라 부른다.

그러나 제아무리 훌륭한 고전이라 해도 독자가 읽고 소화할 수 없다면 아무런 소용이 없다. 지나치게 방대한 분량과 길고 어려운 문장은 책을 읽으려는 청소년들의 의지를 꺾을 뿐 아니라 좌절감마저 불러일으킨다.

'푸른숲 징검다리 클래식'은 바로 그러한 점을 염두에 두고 기획된 세계 명작 시리즈이다. 작품이 본디 지닌 맛과 재미를 고스란히 살리면서 우리 청소년들이 읽고 소화하기 쉽게 글을 다듬었다.

그리고 본문 뒤에는 현직 국어 교사들이 직접 쓴 해설을 붙였다. 작가나 작품에 대한 풍부한 설명은 물론, 그 작품들이 지니고 있는 현재적 의미까지 상세하게 짚어 보이고 있다. 아울러 해설 곳곳에 관련 정보를 담은 팁과 시각 자료를 배치해, 읽는 재미를 넘어 보는 재미까지 만끽할 수 있도록 했다.

아무쪼록 '푸른숲 징검다리 클래식'을 통해 우리 청소년들의 삶이 더욱더 깊고 풍성해지기를……

2006년 4월
기획위원 강혜원·전종옥·계득성

| 차례 |

제 1 장
미천한 신분

파리처럼 크고 복잡한 도시에 살던 사람이 지방의 작은 도시에 가게 될 때 반드시 느끼는 것이 하나 있다. 사람들이 자신의 행동거지를 무척이나 조심한다는 점이다. 그곳에선 너나 할 것 없이 이웃 사람들의 일을 두고 입방아 찧길 좋아한다. 그런 까닭에 지방 소도시에서 명망을 쌓고 좋은 평판을 유지하려면 매우 신중해야 한다. 무엇보다 사람들과의 관계가 원만해야 하는 공적인 생활에서는 더더욱 그렇다.

알프스 산맥의 프랑스 쪽 기슭에 자리한 베리에르라는 작은 도시는 프랑슈콩테 지방에서 가장 아름다운 곳 가운데 하나다. 도시 아래로는 두(Doubs)강이 흐르고 있는데, 시의 북쪽을 둘러

싼 베라 산에서 흘러내리는 급류는 강으로 흘러들기 전에 베리에르의 제재소에 동력을 제공한다. 덕분에 이곳 주민들의 살림살이는 꽤 풍족한 편이다.

베리에르 시장인 드 레날 씨는 소도시에서 흔히 볼 수 있는 신중한 사람이었다. 큰 키에 유난히 넓은 이마와 매부리코를 가진 그는 언제나 심각한 얼굴을 하고 다녔다. 그를 처음 본 사람이라면 시장이라는 지위에 딱 어울린다고 생각할 만한 그런 표정이었다.

드 레날 씨는 막대한 재산의 소유자이기도 했다. 나폴레옹이 워털루 전투에서 패한 뒤, 공장을 세워 십 년이란 세월을 제조업에 투자했다. 그 결과 그곳에서 가장 성공한 축에 속했다. 그의 사업이 베리에르 주민들의 살림을 윤택하게 하는 데 한몫 단단히 했다는 것도 부인할 수 없는 사실이었다.

시민들은 그를 보면 모자를 벗고 깍듯이 예의를 차렸다. 그것은 그에게서 풍기는 시장으로서의 위엄과 중년의 나이에서 배어 나오는 특유의 매력 때문이기도 했지만, 사실은 진짜 이유가 따로 있었다. 그의 거드름을 피우는 태도가 바로 그것이었다.

그는 꾸어 준 돈은 반드시 제날짜에 받아내고 자신이 진 빚은 가능한 한 늦게 갚았다. 이러한 남다른 재능 덕에 사업은 번창했고, 크고 아름다운 저택을 소유하게 되었다. 저택의 설계는 당시의 최신 유행을 따랐다. 잘 다듬은 돌로 지은 저택 안에는 커다란 정원이 있었는데, 이 정원은 여러 개의 축대로 떠받쳐져 있었다. 베리에르에서는 축대 하나하나가 곧 성공의 표시였다. 소유지를 늘릴수록 더 많은 축대를 세웠고 그만큼 많은 존경을 받았다. 드 레날 씨 역시 허영심을 부려 베리에르에서 축대가 가장 많은 정원을 만들었다.

드 레날 씨가 시장으로 있는 동안 벌인 공공 사업도 그의 평판을 높이는 데 적지 않은 도움을 주었다. 베리에르를 가로지르는 강을 따라 거대한 둑을 쌓아 길을 만드는 토목 사업이었는데, 처음에는 불행히도 베리에르 시의회의 자유주의파 의원들의 거센 반대에 부딪혔다. 하지만 드 레날 씨는 뜻을 굽히지 않았다. 허가를 받기 위해 몇 차례 파리를 다녀오더니 보란 듯이 사업을 끝마쳤다. 그것도 성공적으로 말이다.

완성된 길은 시민들의 바람대로 산책로로 쓰였다. 그 길 위에서는 첩첩산중으로 이어지는 대여섯 개의 멋진 골짜기를 바라볼 수 있었다. 뜨거운 햇볕 아래 투명하게 빛나는 풍경은 그야말로 장관이었다. 드 레날 씨는 아내와 어린 세 아들을 네리고 그 길을 걸을 때마다 으쓱한 기분을 느꼈다.

어느 화창한 가을날이었다. 드 레날 씨는 가족들과 함께 산책로를 걷고 있었다. 하지만 여느 때처럼 마냥 즐겁지만은 않았다. 오전에 베리에르 교회의 주임 신부인 셀랑 신부와 크게 다투었기 때문이다. 셀랑 신부가 파리에서 파견된 관리에게 감옥과 병원, 빈민 수용소를 안내해 준 것이 원인이었다. 드 레날 씨는 지방 제일의 지주이자 귀족원 의원인 라 몰 후작이 보낸 관리가 몹시 못마땅했다. 아무래도 시장인 자신의 권위에 흠집을 내려는 수작 같았기 때문이다. 그런 자에게 꼬투리를 잡히기 딱 좋은 곳들만 안내하다니!

드 레날 씨는 빈민 수용소장인 발르노 씨와 함께 신부를 찾아가 그렇게 한 이유가 무엇인지 따져 물었다. 신부는 잘못을 인정하기는커녕 차라리 자신을 면직시키라며 오히려 더 강경하게 나왔다. 이에 격분한 드 레날 씨는 결국 그를 지역 주임 신부 자리에서 해고하고 말았다. 반세기가 넘도록 베리에르를 위해 일해 온 나이 여든의 셀랑 신부를 말이다. 물론 드 레날 씨의 마음도 편치만은 않았다.

그런데 사랑하는 아내마저 자신의 행동을 이해하지 못하는 듯한 말을 해서 서운한 마음을 지울 수 없었다.

"당신은 베리에르 시와 주민들을 위해 양심적으로 일하고 계시잖아요. 그런 당신에게 파리에서 온 그분이 무슨 해를 끼치려구요."

남의 속도 모르고! 아내의 말에 드 레날 씨는 분통이 터지려고 했다. 치미는 화를 누르느라 잠시 걸음을 멈춘 사이, 바로 뒤에서 아내의 비명이 들렸다. 둘째 아들이 위험천만하게도 둑 위로 기어오르고 있었던 것이다. 이 작은 소동은 대화의 흐름을 바꾸었다. 드 레날 씨는 아들의 말썽을 보고 나자 가정교사를 들이기로 마음먹은 일이 떠올랐다.

"소렐이라는 청년을 우리 집에 데려오고 싶소. 제재소 집 아들 말이오. 우리 둘이 다루기엔 아이들이 너무 커 버렸어. 이제 교육에 신경 쓸 때도 됐고. 그 친구라면 잘 돌봐줄 거요. 듣자 하니 그 친구, 벌써 신부라 부를 수 있을 수준이랍디다. 신앙심도 깊고 라틴 어도 잘한다니 우리 아이들에게 분명 도움이 될 거야. 게다가 베리에르에는 가정교사를 둔 집이 아직 하나도 없지 않소! 그에게 급료로 삼백 프랑과 식사를 제공할까 하는데 어떻소? 사실 말이 나와 얘기지만, 소렐과 친척이라던 그 늙은 군의관 말이오. 내 보기엔 자유주의자들 편에 선 염탐꾼인 것 같았어. 그런 작자가 소렐의 아들에게 라틴 어를 가르쳐 주었다기에, 그 청년의 성품을 믿지 않았지. 그때만 해도 우리 애들 가정교사로 들일 생각은 전혀 없었구. 하지만 지금은 얘기가 달라졌어. 그 친구, 삼 년 전부터 신학교에 들어가려고 신학 공부를 하고 있다더군."

드 레날 부인은 동의의 뜻으로 남편에게 미소를 지어 보였다. 그녀는 사람을 잘 믿는 편이었다. 그래서 자녀들의 앞날에 대한 남편의 야심찬 계획에 한 치의 의심도 품지 않았다. 또한 남편을 섣불리 판단하려 들지도 않았다. 싫증을 느껴 본 적은 더더군다나 없었다. 드 레날 씨는 그녀가 아는 남자들 가운데 가장 '싫지 않은' 남자였다.

드 레날 부인은 보기 드문 미인이었다. 그녀의 얼굴에는 어린 아이다운 천진난만함과 숙녀에게서 볼 수 있는 정숙함이 함께 깃들어 있었다. 한때 수용소장 발르노 씨가 그런 그녀에게 추파를 던져 보았지만, 안타깝게도 성공을 하지는 못했다. 그녀는 향락이나 사치에는 전혀 관심이 없었다. 그래서 이웃 부인들에게 바보 취급을 받기도 했다. 하지만 정작 그녀는 자신의 생활에 불만이 없었다.

"우리가 너무 미적거리면 그 재주 많은 청년을 다른 사람이 먼저 데려가려고 할지도 모르겠네요."

오히려 드 레날 부인이 남편을 채근했다.

"좋아, 결정했소! 나는 드 레날 집안의 아이들이 '가정교사'의 인솔을 받으며 산책하는 모습을 사람들에게 보여 주고 싶소. 그들은 그 모습을 존경어린 눈빛으로 바라볼 거요."

드 레날 씨는 자신이 꺼낸 얘기를 그렇게 마무리 지었다. 그러고는 이튿날 새벽 여섯 시에 집을 나섰다. 쥘리엥 소렐의 아버지에게 막내아들을 가정교사로 들이고 싶다는 제안을 하기 위해서였다.

소렐 영감의 제재소는 드 레날 씨의 정원 축대에서 아래쪽으로 조금 떨어진 곳에 있었다. 몇 해 전, 그러니까 이 저택을 짓기 전까지만 해도 소렐 영감네 가족은 드 레날 씨의 축대 안쪽에서 살고 있었다. 드 레날 씨는 제재소를 지금의 장소로 옮기게 하느라 소렐 영감에게 적지 않은 돈을 치렀다. 그는 더 싼값으로 해결하지 못한 그 거래를 지금까지도 아까워하고 있었다. 얼마 전 소렐 영감이 사람들 앞에서 그 일을 떠벌리며 자랑하던 모습을 보고 난 뒤로는 더욱더 속이 쓰리고 부아가 치밀었다.

소렐 영감은 예상하지 못한 드 레날 씨의 제안에 깜짝 놀랐다. 속으로는 쾌재를 부르면서도 짐짓 그런 내색을 숨긴 채 무심한 태도를 보였다. 그것은 산골 농부들이 자신들의 꿍꿍이를 숨기는 방법 가운데 하나였다.

사실 막내 쥘리엥은 무엇 하나 마음에 드는 구석이 없는 골칫덩이였다. 그런 녀석을 일 년에 삼백 프랑씩이나 주면서 데려가겠다고 하니 그로선 마다할 이유가 전혀 없었다.

그러나 약삭빠른 소렐 영감은 그 자리에서 당장 제의를 수락할 수는 없노라고 하였다. 아들하고 먼저 상의를 해 봐야 한다는 것이었다. 소렐 영감의 반응에 드 레날 씨는 갑자기 신장하였다. 퍼뜩 아내의 말이 떠올랐기 때문이다. 정말 다른 누군가가 더 좋은 조건으로 제의를 해 온 게 아닌가 하는 생각이 들었다. 하지만 별다른 도리가 없었다. 다음 날까지 소렐 영감의 대답을 기다리는 수밖에.

소렐 영감은 시장을 돌려보낸 뒤 곧장 제재소로 달려갔다. 그리고 큰 소리로 쥘리엥을 불렀다. 하지만 눈에 띄는 건 땀을 뻘뻘 흘리며 일하고 있는 쥘리엥의 두 형들뿐이었다. 마땅히 함께 일하고 있어야 할 쥘리엥은 코빼기도 보이지 않았다.

열이 바짝 오른 소렐 영감은 제재소 안으로 들어가 사방을 두리번거리며 쥘리엥을 찾았다. 쥘리엥은 대들보 위에 올라앉아 정신없이 책을 읽는 중이었다. 그 꼴을 보니 부아가 치밀었다. 몸이 허약한 것은 봐줄 수 있지만 책에 미쳐 시간을 허비하는 꼴은 밉살스럽기 짝이 없었다. 영감은 글을 읽지 못했다.

그는 아들의 이름을 두세 차례 큰 소리로 불렀다. 그러나 쥘리엥은 책을 읽는 데에 푹 빠져 있었을 뿐더러 제재소의 소음 때문에 아버지가 부르는 소리를 듣지 못했다. 마침내 소렐 영감은 나이답지 않은 민첩함으로 커다란 통나무들을 딛고 대들보까지 뛰어올랐다. 그는 쥘리엥이 보고 있던 책을 냅다 후려쳤다. 그 바람에 책이 저 아래의 강물 위로 떨어졌다.

그는 아들의 머리통을 겨냥하여 주먹을 세게 날렸다. 순간 쥘리엥의 몸이 중심을 잃고 기우뚱했다. 그때 영감이 왼손을 뻗어 붙잡지 않았더라면 쥘리엥은 제재소의 기계들 속으로 곤두박질치고 말았을 것이다.

"이 게으른 놈아! 하라는 일은 않고 또 쓸데없는 책이나 읽고 있는 거냐? 할 말이 있으니 당장 따라 내려와!"

소렐 영감은 아들이 땅으로 내려오자마자 집 쪽으로 거칠게 떠밀었다.

‘도대체 날 어쩌려고 이러시는지 알 수가 없네.’

쥘리엥은 아버지의 주먹질보다 책을 잃은 것이 더 속상했다. 그 책은 《세인트 헬레나 회고록》(나폴레옹의 시종장을 지낸 라스 카즈가 1823년에 출판한 책으로, 나폴레옹이 유배지에서 한 말들을 담았다.—옮긴이)으로, 군의관이 선물로 준 삼사십 권의 책 가운데서 가장 아끼는 것이었다. 지금은 세상을 떠나고 없는 그 군의관은 1796년 이탈리아 전투 때 나폴레옹 밑에서 복무하다 베리에르에 정착한 쥘리엥의 친척이었다. 평소 쥘리엥을 아꼈던 그는 소렐 영감에게 따로 품삯을 지불해 가면서 라틴 어와 역사를 가르쳐 주었다. 쥘리엥 역시 그 군의관을 잘 따랐다. 그런 그가 죽어 버리자 세상이 완전히 달라진 듯했다. 유일한 친구가 사라져 버렸으니…….

쥘리엥은 아버지가 싫었다. 가족들은 어릴 적부터 공상하기를 좋아하던 그를 쓸모 없는 존재로 여기고 무시했다. 유난히 몸이 허약한 탓에 형들에게 얻어맞은 적도 힌두 번이 아니었다.

아버지에게 집 안으로 끌려 들어오면서 쥘리엥은 또 한바탕 주먹질을 당할 거라고 생각했다. 그런데 걱정과 달리 영감은 고래고래 고함만 질러 댔다.

“네놈이 무슨 수로 드 레날 부인을 알게 돼서 이 일을 성사시켰는지 모르겠다만, 네놈 꼴을 더 이상 안 보고 살 수 있게 됐으니 그런 건 어찌 됐든 상관없다. 시장님이 네놈보고 아이들을 돌보아 달라신다. 도무지 어찌 된 영문인지……. 하여간 이제 이 집을 나가도 좋다. 네놈이 없어지면 제재소도 더 잘 돌아갈 거야!"

소렐 영감은 쥘리엥을 사납게 쏘아본 다음 다른 두 아들에게 이 소식을 알리러 급하게 집을 나갔다. 쥘리엥은 놀란 마음을 애써 진정시키고 나서 이 갑작스런 일에 대해 생각해 보았다. 그러나 좀처럼 영문을 알 수가 없었다.

저녁이 되자 쥘리엥은 여느 때처럼 신학 공부를 하러 셀랑 신부를 찾아갔다. 그러나 자신에게 일어난 느닷없는 변화에 대해서는 한마디도 하지 않았다.

이튿날 아침, 드 레날 씨는 사람을 시켜 소렐 영감을 불렀다. 영감은 시장을 두 시간씩이나 기다리게 한 뒤에야 비로소 모습을 나타냈다. 그는 드 레날 씨가 계약을 맺고 싶어 안달이 나 있다는 것을 한눈에 알아챘다. 배짱이 생긴 소렐 영감은 갖가지 이유를 늘어놓으며 까다로운 조건을 내세웠다.

영감이 보장받고 싶어 하는 것은 한두 가지가 아니었다. 아들이 시장 내외와 함께 식사를 할 수 있도록 해 줄 것, 좋은 방에서 아이들과 함께 잠을 잘 수 있도록 해 줄 것, 검정색 양복을 한 벌 사 줄 것 등이 우선적으로 제시한 조건이었다.

그들은 두 시간이 넘도록 말씨름을 했다. 그러나 먹고살기 위해 꾀를 쓰는 목수를 부자가 이길 수는 없었다. 결국 쥘리엥 소렐은 드 레날 씨의 집에서 연봉 사백 프랑을 받는 가정교사로 일하게 되었다. 물론 가정교사를 그만두게 되더라도 새 양복은 돌려주지 않는다는 조건도 함께였다.

제재소로 돌아온 소렐 영감은 곧장 막내아들을 찾았지만, 그는 이미 집을 나간 뒤였다. 쥘리엥은 아버지가 자신의 책을 모조리 없애 버릴까 봐 두려웠다. 안전하게 보관해 둘 곳이 필요했다. 그래서 고민 끝에 책을 모두 꺼내 들고 마을 뒷산 어귀에 사는 친구 푸케의 집을 찾아갔다.

얼마 뒤 쥘리엥이 돌아오자 화가 머리끝까지 난 영감은 대뜸 소리를 질러 댔다.

"이 게을러빠진 돼지 같은 놈아! 그동안 내가 먹여 준 게 얼만데, 도대체 네놈은 그걸 갚을 생각이라곤 해 본 적이 없지! 네 쓰레기 같은 물건들을 몽땅 싸 들고 당장 시장한테 가 버려! 내 집에 가정교사 아들놈은 아무짝에도 쓸모 없어!"

쥘리엥은 얼마 되지 않는 짐을 허겁지겁 챙겨 들고 서둘러 집을 떠났다. 하지만 무서운 아버지의 눈에서 벗어나자마자 발걸음을 늦췄다. 새로운 생활을 시작하기 전에 하늘에 기도라도 드려야겠다는 생각이 들어서였다. 그는 시내의 교회 쪽으로 발길을 옮겼다.

어두컴컴한 교회 안에는 쥘리엥 말고 아무도 없었다. 그는 의자에 앉아 자신의 미래를 위해 그간 준비해 왔던 일들을 차근차근 떠올려 보았다. 출세하지 못할 바에는 죽음을 택하는 편이 차라리 나았다. 그가 생각하는 출세는 일단 베리에르를 떠나는 것이었다.

어렸을 적에는 붉은 제복을 입은 군인이 되고 싶었다. 훗날 나폴레옹처럼 영웅이 되어 아름다운 여인의 사랑을 받을 수 있으리라는 공상은 생각만으로도 달콤하기 그지없었다. 아무것도 가진 게 없던 나폴레옹이 세상의 주인이 되었다는 사실을 그는 한시도 잊은 적이 없었다. 자신도 그렇게 될 수 있다는 상상은 그를 옭아매고 있는 불행의 사슬로부터 잠시나마 벗어나게 해 주곤 했다.

하지만 군의관이 예측한 대로, 세상은 오래지 않아 달라져 버렸다. 이제 프랑스에서는 군대가 아닌 교회가 실세를 차지하고 있었다. 쥘리엥은 나폴레옹 얘기는 접고 신부가 되기로 마음을 바꾸었다.

실제로 어떤 신부들은 나폴레옹 휘하의 장군들이 받는 것보다 세 배나 많은 봉급을 받고 있었다. 남다른 기억력을 타고난 데다 불 같은 야심을 품고 있던 쥘리엥의 판단은 재빨랐다. 교회가 성공의 지름길이었다. 무엇보다도 열아홉 살의 나이에 베리에르를 탈출할 수 있는 출구가 되어 줄 것은 분명해 보였다.

그래서 신학 공부에 열중했으며, 남들 앞에서 신앙심이 깊은 체 위선적으로 행동했다.

쥘리엥이 기도를 마치고 일어서려는 찰나, 옆자리에 무슨 종이 쪽지 하나가 떨어져 있는 것이 보였다. 그것은 마치 읽어 보라는 듯 활짝 펼쳐져 있었다. 그는 종이 쪽지를 주워 들어 천천히 읽기 시작했다.

"브장송에서 처형을 당한 루이 장렐의 최후에 대한 자세한 소식은……."

쥘리엥은 한숨을 내쉬며 종이를 구겨 버렸다. 그러고는 이렇게 중얼거렸다.

"불쌍한 사람! 내 이름하고 끝자가 같구나."

교회를 막 나서려는 순간, 돌바닥의 조그만 구멍에 피가 고여 있는 것이 보였다. 쥘리엥은 깜짝 놀랐다. 그러나 자세히 보니, 신부가 뿌려 놓은 성수(聖水)였다. 창문에 드리워진 붉은 커튼이 물에 반사되어 핏물처럼 보였던 것이다. 쥘리엥은 그것이 무언가를 뜻하고 있는 듯한 느낌이 들있다. 순간 오싹한 기운이 목덜미를 훑고 지나갔다.

그는 마음을 다잡으며 이렇게 중얼거렸다.

"나는 겁쟁이가 아니야. 쥘리엥, 무기를 들어라!"

'무기를 들어라!'라는 말은 늙은 군의관이 들려준 전쟁 이야기에 자주 나온 대사였다. 쥘리엥은 왠지 근사한 영웅이라도 된 듯한 기분에 빠졌다.

그는 드 레날 씨의 집을 향해 성큼성큼 걸어갔다. 하지만 으리으리한 저택이 눈앞에 나타나자 웅크리고 있던 두려움이 서서히 고개를 들었다. 그 때문에 대문 안으로 선뜻 발을 들여놓기가 쉽지 않았다.

제 2 장
아주 특별한 가정교사

드 레날 부인은 정원으로 들어서려다 대문 옆에서 서성이고 있는 한 청년을 발견하였다. 창백한 얼굴로 감히 기척조차 하지 못하는 그 청년이 왠지 가엾어 보였다.

사실 그녀는 남편이 들이겠다는 가정교사 때문에 지난 이틀 동안 거의 잠을 이루지 못하고 있었다. 자신과 아이들 사이에 끼어들 모르는 남자에 대한 걱정 때문이었다. 가정교사는 성질이 고약한 사내일 게 뻔했다. 혹시라도 아이들이 라틴 어 문법 시험에서 좋은 점수를 받지 못하면 심하게 꾸짖고 엄한 벌을 줄지도 몰랐다.

따라서 이 수줍음 많고 앳되어 보이는 청년이 남편이 얘기한 가정교사일 거라고는 짐작조차 하지 못했다. 공상을 즐기는 부인은 그가 시장에게 부탁할 일이 있어 찾아온 여장 남자일지도 모른다고 생각했다.

쥘리엥은 문 쪽으로 고개를 돌리고 있었기 때문에 부인이 다가오는 것을 미처 보지 못했다. 그래서 갑작스레 들려온 부드러운 목소리에 흠칫 놀랐다.

"무슨 일로 왔나요?"

쥘리엥은 눈앞에 서 있는 드 레날 부인의 아름다운 자태에 넋을 잃어 그만 할 말을 잊고 말았다. 머릿속이 온통 하얘지는 기분이었다. 자신이 이곳에 온 이유조차 생각이 나지 않았다. 그녀가 다시 물었다. 쥘리엥은 간신히 정신을 가다듬고 대답했다.

"댁의 가정교사로 왔습니다, 부인."

그러자 이번에는 부인이 할 말을 잃었다. 그녀는 쥘리엥을 다시 찬찬히 살펴보았다. 하얀 얼굴에 크고 검은 눈동자, 그리고 곱슬거리는 다갈색 머리칼, 마른 듯하면서도 다부진 몸매를 지닌 청년이었다. 심장이 두근거릴 만큼 잘생긴 외모였다. 드 레날 부인이 여태껏 상상하고 걱정해 왔던 가정교사의 모습과 너무나 달랐다. 그녀는 그의 모습에 적잖이 당황하면서도 왠지 모를 떨림을 느꼈다.

"들어가실까요, 선생님?"

쥘리엥은 이토록 고상하고 아름다운 여인이 자신을 '선생님'

이라고 부르자 놀라움을 감추지 못했다. 드 레날 부인은 젊은 가정교사를 집 안으로 안내하며 이런저런 질문을 던졌다. 그리고 아이들을 너무 엄하게 대하지 말아 달라고 간곡히 부탁했다. 부인의 상냥한 어조에 쥘리엥은 용기가 생겼다.

"걱정 마세요, 부인. 부인의 뜻을 언제나 존중하겠습니다."

쥘리엥의 약속에 드 레날 부인의 불안감은 눈 녹듯 사라졌다. 부인은 이 여리디여린 청년을 격려해 주고 싶어졌다.

"이름이 어떻게 되시나요?"

"쥘리엥 소렐입니다. 저는 난생처음 낯선 집에 들어왔습니다. 그래서 많이 떨립니다. 또한 가난한 형편 때문에 학교에도 다니지 못했습니다. 군의관을 지내신 친척 어른과 셀랑 신부님 이외에는 다른 사람과 말을 나눠 본 적도 없습니다. 그러니 제가 실수를 저지른다 해도 나쁜 의도는 없으니 너그러이 이해해 주십시오."

쥘리엥은 말을 하는 동안 드 레날 부인을 꼼꼼히 살펴보았다. 그녀에게는 다른 여자들에게서는 찾아볼 수 없는 우아한 매력이 흘러넘쳤다. 순간 그녀의 손에 키스를 하고 싶다는 욕망이 꿈틀거렸다. 마음 한구석에서는 겁이 나기도 했지만, 한편으로는 그런 일도 하지 못한다면 겁쟁이라는 생각이 들었다. 어쩌면 그런 용감한 행동이 제재소에서 온 천한 신분의 청년에게 아름다운 부인이 느끼고 있을지도 모를 경멸감을 말끔히 사라지게 할 수도 있을 것 같았다.

줼리엥은 드 레날 부인의 손을 잡고 대담하게 자신의 입술로 가져갔다. 그의 갑작스러운 행동에 부인은 깜짝 놀랐다. 줼리엥이 손을 놓을 때까지 두 사람은 아무 말 없이 서로를 바라보았다. 그녀는 자신이 냉정하게 대처하지 못했다는 생각이 들어서 꺼림칙한 기분을 지울 수 없었다. 마침 그때 남편이 거실로 나오는 바람에 그녀는 화를 낼 기회를 놓치고 말았다.

드 레날 씨는 줼리엥을 서재로 데리고 가서 고용 조건과 주의 사항을 일러준 다음, 그를 데리고 시내로 나가 검정색 양복을 한 벌 사 주었다. 드 레날 씨의 아이들은 몇 시간이 지난 뒤에야 가정교사와 만날 수 있었다.

줼리엥은 자못 엄숙한 표정과 말투로 아이들에게 이야기를 하기 시작했다. 그는 먼저 맏아들 아돌프에게 검정색 표지의 책 한 권을 건넸다.

"이것은 성경책입니다. 나는 여러분에게 라틴 어를 가르치기 위해서 왔습니다. 성경을 왜 암송해야 하는지는 알고 있겠죠? 앞으로 여러분 모두 암송을 해야겠지만, 내가 먼저 외워 보이죠. 아무 데나 펼쳐서 첫 마디만 알려 주세요. 나머지 부분을 모두 읊어 볼 테니까."

아돌프가 성경책을 펼쳐 첫 단어를 불러 주었다. 줼리엥은 장담한 대로 수월하게 페이지 전체를 암송했다. 그는 그렇게 자신의 재주를 여러 차례 되풀이해 보여 주었다. 신약 성서를 통째로 외우고 있었기 때문에 가능한 일이었다.

드 레날 씨는 뿌듯한 눈길로 아내를 바라보았다. 아이들도 눈이 휘둥그레졌다. 집안의 하인들도 하나둘 모여들어 쥘리엥의 믿을 수 없는 재주를 지켜보았다. 그들은 쥘리엥에게 선생님이라는 칭호가 잘 어울린다고 생각했다.

그날 밤, 드 레날 씨의 집에는 호기심 많은 방문객들이 몰려들었다. 비범한 가정교사를 보기 위해서였다. 시장의 평판에도 손해될 것이 없었다. 쥘리엥은 그들에게 자신의 재주를 남김없이 보여 주었다. 조금도 어려운 일이 아니었다. 이미 여러 해 동안 연습해 두었던 일이었다.

쥘리엥은 부자들을 즐겁게 만드는 일이 생각보다 쉽다는 것을 깨달았다. 그러자 금세 그 일이 시시해졌다. 사실 쥘리엥이 마음만 먹으면 그들 가운데 누구에게라도 재정적 후원을 얻어낼 수 있었다. 하지만 쥘리엥은 사람들의 관심을 끄는 것을 즐기는 척하면서 암송하는 재주만을 보여 주는 데 마음을 썼다. 삽시간에 쥘리엥의 명성은 베리에르에 자자해졌다.

쥘리엥은 모두에게 존경받는 가정교사 노릇을 훌륭하게 해내었다. 아이들 또한 쥘리엥을 잘 따랐다. 채 한 달도 되지 않아, 드 레날 씨까지 그의 능력을 높이 사게 되었다.

1820년대에는 어느 지방을 막론하고 집집이 권태로움에 빠져 있었다. 작은 지방 도시인 베리에르에서도 마찬가지였다. 하지만 드 레날 씨의 집만큼은 예외였다. 이 특별한 가정교사 덕분에 집안에는 늘 흥미로운 이야기가 끊이지 않고 즐거운 일들이 일어났다.

그러나 쥘리엥은 자신의 새로운 생활이 마냥 즐겁지만은 않았다. 사업과 돈 얘기밖에 모르는 시장과 시장의 친구들을 향한 혐오감을 감추느라고 애를 써야 했다. 너나 할 것 없이 나폴레옹과 공화국 시절을 비웃어 대는 화려한 만찬회도 견딜 수 없었다. 틈만 나면 이웃 사람들을 속이려 하면서도 정직함에 대해 이러쿵저러쿵 떠들어 대는 그들의 속물 근성에 증오심마저 생겼다.

그 집안에서 속내를 감추고 살아야 하는 사람은 쥘리엥만이 아니었다. 드 레날 부인! 그녀는 자신보다 열 살이나 어린 이 특별한 청년에게 조금씩 알 수 없는 감정을 느끼기 시작했다. 그녀는 지금껏 모든 남자들이 남편이나 발르노 씨처럼 금전 또는 지위 따위의 이해 관계 이외에는 무신경하다고 여기고 있었다. 그런데 쥘리엥은 달랐다. 그는 섬세한 감수성과 너그러움, 고귀한 영혼, 따뜻한 인간미 같은 것을 지니고 있었다.

그러나 그녀가 자기 감정의 정체를 깨닫는 데에는 꽤 오랜 시간이 걸렸다. 하기야 그들에게 무슨 일이 일어날지는 처음부터

예견되지 않았느냐고 말할 수도 있겠다. 만약 그녀가 파리에 살고 있었다면, 자신에게 닥칠 일에 대해 좀더 일찍 대처할 수 있었을 것이다. 아니, 파리에서 유행하는, 사랑을 충동질하는 소설 대여섯 권만 읽었어도 쥘리엥과의 관계에서 무엇을 조심해야 할지 진즉 깨달았을 터였다.

하지만 파리가 아닌 베리에르의 차가운 잿빛 하늘 아래에서는 이야기가 달라질 수밖에 없었다. 그녀는 아이들의 뒷바라지나 독실한 신앙 생활 외에는 조금도 관심을 두지 않았다. 더군다나 그녀는 스스로를 소설 나부랭이나 흉내 내는 일 따위에는 전혀 관심이 없는 서른 살의 점잖은 숙녀라고 여기고 있었다. 연애 비슷한 것을 경험한 적도 없었다. 이러한 순진함, 혹은 무지함 덕분에 그녀는 쥘리엥에게 사로잡혀 있으면서도 아무런 자각도 하지 못했다.

드 레날 부인의 하녀 엘리자는 진즉부터 젊은 가정교사를 마음에 두고 있었다. 하녀는 부인에게 자주 쥘리엥의 이야기를 했다. 그 때문에 부인은 쥘리엥이 아주 가난하다는 사실을 알게 되었다. 옷가지조차 얼마 되지 않는 그의 처지가 마음에 걸렸다. 그녀는 부유한 이모의 상속녀였다. 그래서 내심 그를 도울 일이 생기기를 바랐지만 방법을 찾을 수 없어 마음이 아팠다. 그의 가난한 처지를 생각하면 때로 눈물이 날 만큼 괴롭기까지 했다.

그러던 어느 날 부인은 용기를 내어 쥘리엥에게 작은 선물을 건넸다. 그녀로서는 쥘리엥을 향한 자신의 애틋한 감정을 달리 표현할 길이 없었다. 하지만 자존심이 상한 쥘리엥은 그녀의 마음을 거절했다. 가엾게도 드 레날 부인은 그 일로 큰 충격을 받았다. 그 일이 있고 난 뒤로는 아이들과 함께 산책을 할 때에도 두 사람은 어색한 기분으로 말없이 걷기만 했다.

그럼에도 쥘리엥을 향한 드 레날 부인의 애틋한 감정은 점점 깊어져만 갔다. 처음 위기가 찾아온 것은 엘리자가 부인에게 쥘리엥을 사랑하게 되었노라고 털어놓았을 때였다. 엘리자는 쥘리엥에게 청혼까지 한 상태였다. 결혼해서 부모에게 물려받은 얼마간의 돈을 함께 나누어 갖자고 했다는 것이었다.

드 레날 부인은 그 말을 듣고 얼마나 놀랐는지 몸져눕고 말았다. 다행히도 같은 날 엘리자는 쥘리엥이 자신의 청혼을 거절했다고 알려 왔다. 엘리자는 저녁 내내 서럽게 울어 댔다. 반면 드 레날 부인은 까무러칠 것만 같은 행복감에 휩싸였다. 그제서야 그녀는 자신이 쥘리엥에게 연정을 품고 있는 것이 아닐까 하는 생각을 하게 되었다.

그날 저녁 식사 시간에 쥘리엥이 나타나자 부인은 자꾸만 얼굴이 달아올라서 그 자리에 계속 머물 수가 없었다. 결국 머리가 아프다는 핑계를 대고 자리를 뜨고 말았다.

"여자들이란 다 저래. 부실한 기계처럼 늘 기름칠을 해 줘야 한다니까."

드 레날 씨가 부인의 뒷모습을 향해 웃음을 터뜨리며 말했다.

어느덧 베리에르에도 따뜻한 봄이 찾아왔다. 드 레날 씨는 아내와 아이들을 데리고 뒷산 너머에 있는 베르지의 여름 별장으로 거처를 옮겼다. 여름을 별장에서 보내는 왕실의 풍습을 그대로 따라 하고 있었던 것이다.

드 레날 씨는 일을 보러 빈번히 베리에르로 외출했다. 그사이 부인과 쥘리엥은 아이들과 함께 산책을 나가곤 했다. 덕분에 두 사람에게는 이야깃거리가 많이 생겼다. 주로 지천에 피어 있는 들꽃이나 아이들이 쫓아다니는 나비에 관한 이야기였다. 아주 사소한 화제였지만 두 사람은 날마다 몇 시간씩이나 대화를 나눴다. 베르지에서의 생활은 갑작스레 바빠진 엘리자를 빼고는 모두에게 유쾌한 시간이었다. 가엾은 하녀는 부인에게서 하루에도 몇 번씩 갈아입을 옷을 준비해 놓으라는 지시를 받곤 했다. 엘리자는 부인이 전에 없이 몸치장에 신경을 쓴다고 투덜거렸다.

쥘리엥 역시 그 어느 때보다도 행복했다. 그에게 베르지는 낙원이나 다름없었다. 무엇보다 위선적으로 행동하지 않아도 되었다. 사람들의 시선을 의식하면서 느끼던 긴장감과 피곤함도 사라졌다. 또한 주변에 적도 없었다. 난폭한 형들도, 사나운 아버지도 더 이상 그를 괴롭히지 않았다.

아이들을 가르칠 때를 빼놓고는 매일 원하는 대로 시간을 쓸 수 있었다. 그는 자유 시간의 대부분을 책 읽는 일에 할애했다. 독서는 그에게 황홀감과 위안을 동시에 안겨 주었다. 그는 나폴레옹의 이야기를 다룬 책들을 가장 좋아했다. 아닌 척하고 있었지만, 나폴레옹은 여전히 그에게 진정한 영웅이었다.

어느 날 쥘리엥은 그의 영웅 나폴레옹이 여자들과의 관계에서 매우 능수능란했으며, 애정 문제에는 늘 과감하게 접근했다는 내용을 읽었다. 그때 문득 드 레날 부인을 유혹해야겠다는 생각이 들었다. 그런 생각이 들자마자 그 일은 반드시 하지 않으면 안 되는 일처럼 여겨졌다. 다른 일은 생각할 수조차 없었다. 하지만 어떻게 해야 한단 말인가?

그는 보통 저녁 시간에 드 레날 부인과 함께 정원에 앉아 담소를 나누곤 했다. 집에 손님이 머무르는 경우에는 그 손님도 함께 어울렸다. 손님이란 대개 부인의 사촌 데르빌르 부인이었다. 그녀는 드 레날 부인이 마음을 터놓고 지내는 절친한 친구였다. 쥘리엥은 데르빌르 부인이 잠시 자리를 비울 때를 이용하기로 했다. 다음 날 저녁 아무도 보지 않을 때 드 레날 부인의 손을 잡겠다는 계획을 세웠다. 그녀가 뿌리치지 못하도록 꼭 쥐고 있을 작정이었다.

이튿날 저녁, 둘의 대화는 활기를 잃은 채 어색하게만 흘러갔다. 자신이 세운 계획 외에는 아무 생각이 없었던 쥘리엥이 말 한마디 꺼내지 않았기 때문이었다. 드 레날 부인과 데르빌르 부인도 이러한 쥘리엥의 변화를 알아차리고 어찌할 바를 몰랐다. 그러나 부인들의 반응이 그의 눈에 들어올 리 없었다. 머릿속은 온통 마음먹은 일에 대한 갈등으로 가득했다. 쥘리엥은 열 시가 되면 자신의 계획을 실행하겠다고 단단히 다짐했다. 만약 그러지 못한다면 방에 올라가 머리에 총을 쏘아 죽고 말겠다고 생각했다.

드디어 열 시를 알리는 종소리가 울렸다. 데르빌르 부인이 잠시 자리를 비운 사이, 그는 슬그머니 팔을 뻗어 드 레날 부인의 손을 잡았다. 당황한 부인이 얼른 손을 뺐다. 쥘리엥의 머릿속은 그녀가 손을 피하지 않게 해야 한다는 생각뿐이었다. 그는 다시 한 번 부인의 손을 거머쥐었다. 그녀는 손을 빼내려고 안간힘을 쓰다가 마침내 단념하고 말았다. 잠시 뒤 바람결에 화분 하나가 넘어졌다. 부인은 쥘리엥의 손을 놓고 일어나 화분을 일으켜 세웠다. 그러나 자리에 앉자마자 다시 쥘리엥의 손에 자신의 손을 맡겼다. 두 사람 사이에 약속이라도 있었던 것처럼 자연스럽게 말이다.

어느덧 시간은 자정을 넘어서고 있었다. 이제 정원을 떠나 각자의 방으로 돌아갈 시간이었다. 그날 밤 드 레날 부인은 행복감에 취한 나머지 자신을 책망할 생각은 아예 하지도 않았다. 쥘리엥에게 손이 잡혔던 그 순간부터 숨도 제대로 쉴 수 없을 정도로 가슴이 뛰었다. 격정에 사로잡힌 그녀는 온밤을 뜬 눈으로 꼬박 지새웠다.

부인과 달리 쥘리엥은 곤한 잠에 빠졌다. 종일토록 격렬한 마음의 갈등으로 피곤했기 때문이다. 그리고 다음 날 일찍 일어나 나폴레옹의 무훈담을 읽었다. 어젯밤엔 자신도 영웅으로서 큰일을 치러 낸 셈이었다. 쥘리엥은 일을 무사히 치러 낸 것에 큰 만족감을 느꼈다. 그는 책을 읽다가 점심 시간이 되어서야 식당에 모습을 드러냈다.

몇 시간 전 베리에르에서 돌아온 드 레날 씨는 쥘리엥에게 잔뜩 화가 나 있었다. 가정교사가 아침나절 내내 아이들을 돌보지 않고 게으름을 피웠다고 생각했기 때문이다. 시장은 점점 불성실해지고 있는 가정교사에게 불만을 감추지 않았다. 노골적으로 쥘리엥을 나무라기까지 했다.

쥘리엥 역시 그런 시장에게 화가 났다. 아무래도 자신에게 지나치다는 생각이 들었다. 베르지에서 몇 달을 보내는 동안 부유한 주인과 그의 친구들에게 정이 떨어지고 있던 참이었다. 베리에르 시장이야말로 지상의 모든 부당한 부자와 권력자의 대표로 보였다. 그를 위해 일하는 가정교사 자리쯤은 당장이라도 집어치우고 싶었다.

드 레날 부인은 쥘리엥에게 산책을 가자고 청했다. 그의 기분을 풀어 주고 싶었던 것이다. 정원을 걸으며 부인은 그에게 다정하게 말을 건넸다. 그러나 그는 한마디도 대꾸하지 않았다. 부인이 슬쩍 몸을 기대어 오자 난폭하게 밀어젖히기까지 했다. 그녀는 쥘리엥의 불친절한 행동이 모두 남편 때문이라고 여겼다. 그러자 그를 함부로 대한 남편이 야속하게만 느껴졌다.

"남편은 이제 이쪽으로 오지 않아요. 하인들과 집 안의 침대보를 갈아 씌우느라 바쁘거든요."

드 레날 부인의 말이 끝나자마자 쥘리엥의 안색이 갑자기 하얗게 질렸다. 그가 다급하게 말했다.

"저를 살려 주실 수 있는 분은 부인뿐입니다. 실은 제 침대보 밑에 초상화 한 장을 숨겨 놓았습니다. 그것을 찾아와 주십시오. 부인께서도 절대로 그것을 보아서는 안 됩니다. 제발, 제발 부탁입니다."

드 레날 부인은 사랑하는 쥘리엥을 위험에서 구하고 싶었다. 그녀는 바로 쥘리엥의 방으로 올라갔다. 그리고 어렵지 않게 침대보 밑에서 초상화가 들어 있는 상자를 찾아 들고 밖으로 나왔다. 남편에게 들킬 위험에서 벗어나자, 문득 상자 속의 초상화에 생각이 미쳤다. 그녀는 미칠 것만 같이 괴로웠다.

'쥘리엥은 사랑을 하고 있구나! 나는 지금 그가 사랑하는 여자의 초상화를 들고 있어.'

질투심에 사로잡힌 부인에게 쥘리엥이 다가왔다. 그리고 고맙다는 말도 없이 그 상자를 받아 들고는 어딘가로 가 버렸다.

쥘리엥은 아무도 보지 않는 곳에서 초상화를 불태웠다. 그리고 이렇게 중얼거렸다.

"왕위 찬탈자를 증오한다고 말한 내가 나폴레옹의 초상화를 숨기고 있었다는 사실이 발각되면 그간 쌓아 온 평판이 순식간에 무너질 거야."

한 시간쯤 뒤 마음을 어느 정도 진정시킨 쥘리엥은 드 레날 부인과 마주치자마자 그녀의 손을 잡고 진심으로 키스했다. 그녀는 반가운 마음을 짐짓 숨긴 채 그를 뿌리쳤다. 아직 질투심이 채 가시지 않았기 때문이었다. 쥘리엥은 자존심에 적지 않은 상처를 입었다. 드 레날 부인 역시 돈만 많은 한심한 여자 중의 하나로 보였다. 쥘리엥은 곧장 드 레날 씨를 찾아갔다.

"시장님, 저 말고 다른 가정교사가 가르쳤다면 시장님의 아이들이 이처럼 나아졌으리라고 생각하십니까? 만약 아니라고 생각하신다면 어떻게 제가 아이들에게 소홀하다고 불평하실 수 있습니까? 저는 시장님의 도움 없이도 살아갈 수 있습니다. 지금 당장 댁을 나간다 해도 갈 데는 얼마든지 있다구요."

드 레날 씨는 자신의 귀를 믿을 수 없었다. 쥘리엥의 태도에 화가 치밀어 올랐다. 그 순간 퍼뜩 그가 다른 곳에서 더 좋은 조건의 일자리를 제안받은 게 틀림없다는 생각이 들었다.

'내 사업 경쟁자로부터 제안을 받았을지도 몰라!'

그것만큼은 무슨 수를 쓰더라도 피해야 할 재앙이었다. 발르노 씨의 집에 앉아 있는 쥘리엥의 모습이 눈앞에 그려지는 듯했다. 드 레날 씨는 가정교사가 원하는 것이 무언지 알 것 같았다. 그는 결국 한숨을 내쉬며 말했다.

"자네가 그처럼 화를 내니 미안하게 됐군. 좋아, 자네의 요구를 들어주지. 다음 달부터는 한 달에 오십 프랑을 주겠네."

쥘리엥은 어이가 없었다. 시장이란 작자가 할 수 있는 사과의 방법이 겨우 이런 거라니! 큰 소리로 웃음을 터뜨리고 싶어 견딜 수 없을 지경이었다. 분노가 사그라든 자리에는 허탈감만이 밀려왔다.

집을 나온 쥘리엥은 베리에르로 가는 숲길에 올라섰다. 그리고 하늘을 향해 고함을 질러 보았다. 마음에 쌓여 있던 착잡한 감정들을 모조리 날려 버리고 싶었다.

"내가 이겼어! 내가 이겼다구! 오십 프랑의 보수를 받게 되었잖아. 게다가 무엇 때문인지 모르겠지만 드 레날 씨는 겁을 먹고 있는 게 분명해."

쥘리엥은 자신이 시장이라는 권력자를 두렵게 했다는 사실에 한층 기분이 좋아졌다. 상처 입은 자존심도 조금씩 회복되는 듯했다.

숲 속 오솔길을 걸어 그가 도착한 곳은 거대한 바위 위였다. 세상 모든 사람과 분리된 자신만의 장소. 높고 외로운 이 위치가 자신이 도달하고자 하는 바로 그곳이었다. 그는 바위 위에서 다시 하늘을 올려다보았다. 마침 매 한 마리가 커다란 원을 그리며

날고 있었다. 하늘 위에서 세상을 내려다보는 매의 힘차고 여유
로운 모습이 꼭 나폴레옹의 인생 같았다. 쥘리엥은 생각했다.

'언제 그것이 나의 운명이 될 것인가!'

한편 자신이 사랑에 빠졌다는 것을 확실히 알게 된 부인은 마
음속의 갈등으로 괴로워하고 있었다. 단지 일시적인 감정일 뿐
이라고 스스로를 안심시켰다가도 자신이 품은 부정한 마음을
누군가가 눈치챌까 봐 두려워지곤 했다. 걷잡을 수 없는 혼란만
거듭되었다.

그러나 그녀를 가장 괴롭히는 것은 다름 아닌 쥘리엥이 숨겨
두었던 초상화였다. 가엾은 드 레날 부인은 누구인지도 모르는
초상화 속의 여인에게 질투가 나서 견딜 수가 없었다. 그리고
쥘리엥이 자신에게 그런 예의 없는 행동을 하도록 내버려 둔 것
이 너무나 후회스러웠다. 그녀는 방으로 들어가 침대 위에 얼굴
을 묻고 밤새 울었다. 용서받지 못할 죄를 지은 사람처럼 수치
스럽고 불행하기만 했다. 세상에 자기보다 더 고통스러운 사람
은 없을 것 같았다.

부인이 쉽게 잠들지 못하자 엘리자가 곁에 앉아 신문을 읽어
주었다. 하녀의 단조로운 목소리를 들으며 그녀는 이제부터 쥘
리엥을 어떤 일로 만나든지 냉정하게 대해야겠다고 결심했다.

제 3 장
은밀한 연애의 즐거움

　이튿날 새벽 쥘리엥은 시장에게 사흘간의 휴가를 얻었다. 아직 자고 있는지 드 레날 부인의 모습은 보이지 않았다. 쥘리엥은 떠나기 전에 부인의 얼굴이라도 볼 요량으로 정원에 나가 그녀가 내려오기를 기다렸다.

　부인은 이층 창문 뒤에서 그를 내려다보며 중얼거렸다.

　"마음을 독하게 먹어야 해!"

　그러나 의지 없는 결심은 힘이 약했다. 결국 그녀는 오래지 않아 정원에 모습을 드러내었다. 쥘리엥은 그녀에게 다가가 환한 미소를 지으며 인사를 건넸다. 그러나 부인은 얼음처럼 차갑게 굴었다. 생각지도 못한 반응이었다. 순간 쥘리엥의 얼굴에서 미소가 싹 사라졌다.

둘 사이에 어색한 침묵이 흘렀다. 쥘리엥은 화가 났다. 일부러 자신을 아랫사람을 대하듯 하는 부인의 오만한 태도를 읽었기 때문이었다. 그것은 마치 자신의 사회적 위치를 상기시키려는 의도처럼 보였다. 그는 이처럼 모욕적인 대우를 받으려고 한 시간 이상이나 출발을 미룬 것이 아니었다. 자신의 행동이 너무나 후회스러웠다. 쥘리엥은 부인에게 휴가를 받았다는 말조차 꺼내지 않고 뻣뻣하게 몸을 굽혀 인사를 한 뒤 떠나 버렸다.

쥘리엥의 변화에 놀란 드 레날 부인은 가엾게도 어쩔 줄을 몰라 했다. 사라져 가는 그의 뒷모습을 비참한 심정으로 바라볼 수밖에 없었다. 잠시 뒤 맏아들 아돌프가 달려와 한껏 들뜬 목소리로 말했다.

"이제 방학이에요. 쥘리엥 선생님이 여행을 가신대요."

아돌프의 말에 부인은 몸을 움찔했다. 그에게 쌀쌀맞게 군 것이 마음에 걸렸다. 순간 그녀는 지난밤의 결심 따위는 까맣게 잊어버리고 애인을 영원히 잃을지도 모른다는 생각에 더럭 겁이 났다. 남편과 마주한 아침 식사 자리에서도 계속 그 일만 생각했다. 남편은 쥘리엥이 누군가의 제안을 받은 모양이라며, 그와 담판 지은 얘기를 했다.

"그 친구가 내 인내심을 시험하는 모양이야."

남편의 이야기가 귀에 들어올 리 없었다. 방에 처박혀 마냥 울

고만 싶었다. 그녀는 또다시 머리가 아프다는 핑계를 대고 자리
에서 일어났다. 드 레날 씨는 아내가 식탁에서 물러나는 것을
잠자코 지켜보았다. 무언가 언짢은 일이 있는 게 분명하다는 생
각이 들었다.

"여자들이란 늘 저렇다니까! 기계가 하도 복잡해서 늘 어딘가
가 고장이 난단 말이야!"

그는 빈정거리듯 중얼거렸다.

드 레날 부인이 괴로움에 시달리고 있는 동안 쥘리엥은 베르
지의 산맥을 넘고 있었다. 목재 상인인 친구 푸케의 집으로 가
는 길이었다. 서두를 필요는 없었다. 그는 때때로 발길을 멈추고
주변의 아름다운 경관을 돌아보았다. 그러다가 우연히 깊은 산
속 바위 사이에서 작은 동굴을 발견했다.

쥘리엥은 그곳에 들어가 앉았다. 아늑하고 편안했다. 동굴 안
에서 자신만의 은밀한 생각을 마음껏 기록해 보고 싶었다. 다른
곳에서는 엄두도 낼 수 없는 위험한 일이었다. 갖가지 공상과
자유로움을 만끽하며 그 어느 때보다 행복감을 맛보았다. 그곳
에서 몇 시간 가량 홀로 앉아 자신이 이루고 싶은 인생을 그리
며 각오를 다졌다.

"언젠가는 파리에 가서 살아야지. 거기에서 군인이든 신부든
되고 말겠어. 출세해서 멋진 인생을 누릴 거야. 그리고 아름답고

정열적인 여자와 멋진 사랑을 나누어야지!"

그는 한밤중이 되어서야 푸케의 집에 도착했다. 푸케는 그때까지도 잠을 자지 않고 목재 일에 열중해 있었다. 그는 쥘리엥의 갑작스런 방문을 꽤나 놀라워하면서도 반갑게 맞아 주었다. 외모는 볼품이 없었지만, 마음씨만은 아주 착한 친구였다. 쥘리엥에게 시장에 관한 이야기를 들은 푸케가 말했다.

"나와 함께 일하지 않겠어? 넌 드 레날 씨와 발르노 씨를 잘 알고 있으니 경매 일을 하기에도 딱 알맞아. 내 회계를 맡아 줘. 생각보다 벌이가 쏠쏠해. 혼자서 모든 걸 감당하긴 너무 벅차다구. 네가 내 동업자가 되어 준다면 우린 지금보다 훨씬 많은 돈을 벌 수 있을 거야."

푸케는 평소 쥘리엥의 영민함을 깊이 존경하고 있었다. 그러나 쥘리엥은 친구의 제안에 그만 기분이 상하고 말았다. 벌목장을 뛰어다니며 얼마 안 되는 돈에 기대어 몇 년을 지낼 수는 있을 것이다. 하지만 그때까지 자신이 열망하던 꿈에 대한 열정을 지킬 수 있을지 자신이 없었다. 파리에서 이루고 싶은 꿈을 모두 포기하고 안정된 수입에 의지해 인생을 보내 버리고 싶지 않았다. 쥘리엥은 성직에 대한 소명감을 구실로 푸케의 제안을 거절했다. 푸케는 더 높은 급료를 제시하며 훗날 이 고장 최고의 신부직을 얻어 주겠다고 하였다. 하지만 쥘리엥의 고집을 꺾을 수는 없었다.

사흘 뒤 쥘리엥은 친구의 집을 나섰다. 그리고 전에 들렀던 작은 동굴을 다시 찾아갔다. 그는 마음의 평화가 깨져 버린 것을 알았다. 단호히 거절하기는 했지만 푸케가 제안한 안락함과 청춘의 불타는 야심 사이에서의 갈등이 완전히 끝나지 않았던 것이다.

쥘리엥이 집을 비운 동안, 드 레날 부인은 그리움으로 병이 나고 말았다. 가정교사가 돌아오던 날, 데르빌르 부인은 드 레날 부인의 건강을 걱정하며 주의를 주었다.

"몸이 많이 불편한 것 같으니 저녁에 정원 산책은 나가지 말아요. 습한 공기는 몸에 안 좋아."

그러나 드 레날 부인은 사촌의 걱정에도 아랑곳없이 나갈 채비를 서둘렀다. 사흘 전부터 엘리자를 시켜 짓게 한 최신 유행의 여름 옷에, 살이 훤히 비치는 양말을 신고서! 데르빌르 부인은 수수했던 평소 모습과는 딴판인 그녀의 옷차림에 놀라지 않을 수 없었다. 그제서야 사촌의 이상스런 행동과 갑작스런 병의 원인이 무엇인지를 알아차렸다. 의심할 여지가 없었다. 드 레날 부인은 쥘리엥을 사랑하고 있는 것이었다.

드 레날 부인은 쥘리엥이 돌아왔다는 사실만으로도 너무나 기뻐, 그를 냉담하게 대하겠다던 다짐 따위는 모조리 잊고 말았다. 쥘리엥이 앞으로 여기에 계속 머물 것인지 아니면 떠날 것인지, 그것만이 중요했다. 그녀는 그의 계획을 알고 싶어 안달이 났다. 젊은 가정교사가 떠날까 봐 몹시 두려웠던 것이다.

저녁 산책을 하는 내내, 그녀는 쥘리엥의 어깨에 머리를 기대며 자신의 감정을 확실히 드러냈다. 그러나 정작 그는 그녀에게 조금도 호응하지 않았다. 사실 쥘리엥은 그녀의 애정 공세가 전혀 달갑지 않았다. 푸케와의 대화에서 느꼈던 자신의 나약한 의지 때문에 적잖이 언짢아 있었기 때문이다.

쥘리엥의 침울한 표정은 부인의 마음을 온통 뒤흔들어 놓았다. 그를 영원히 잃어버릴지도 모른다는 공포감에 휩싸였다. 그녀는 의자 등받이에 무심히 올려져 있는 그의 손을 붙잡았다. 사랑이 불러일으킨 용기였다. 부인의 이런 대담한 행동이 쥘리엥을 몽상에서 벗어나게 했다. 그는 이 장면을 건방진 귀족들에게 보여 주고 싶었다. 이제는 부인이 자신을 멸시할 수 없게 되었다는 생각이 들자 기분이 한결 나아졌다.

쥘리엥은 아름다운 부인을 바라보며 그녀의 애인이 되어야겠다고 마음먹었다. 훗날 성공하게 되었을 때 가정교사라는 천한 직업을 두고 누군가가 비난한다면 사랑 때문이었다고 말하기에도 좋을 것 같았다. 그녀를 사로잡아야 할 분명한 이유가 한 가지 더 생긴 셈이었다.

자신감이 생긴 쥘리엥은 점점 더 대담해졌다. 심지어 드 레날 부인에게 열렬히 사랑하고 있노라고 고백하기까지 했다. 부인은 다시 태어난다 해도 이보다 더 행복한 순간은 없을 거라는 생각이 들 정도로 황홀했다.

다음 날 아침, 쥘리엥은 부인과 함께 다른 방으로 건너가는 도중에 느닷없이 키스를 했다. 다른 사람들의 눈에 띌 수도 있는 경솔한 행동이었다. 드 레날 부인은 몹시 당황스러웠다. 그녀는 정색을 하면서 제발 조심해 달라고 부탁했다. 자신의 서투른 유혹이 실패로 돌아갔음을 깨달은 쥘리엥은 이내 괴로운 감정에 휩싸였다. 저녁 산책에서 만나게 될 드 레날 부인을 피하고만 싶었다.

오랜 고민 끝에 그는 셸랑 신부를 만나기 위해 베리에르로 갔다. 그의 스승은 이사 준비로 정신이 없었다. 결국 면직을 당하고, 보좌 신부였던 마슬롱이 그 자리를 차지한 모양이었다.

짐을 싸고 있는 셸랑 신부를 지켜보던 쥘리엥은 푸케에게 편지를 썼다. 처음엔 성직에 대한 소명감 때문에 친구의 제안을 거절했으나, 막상 신부직의 부정을 목격하고 보니 성직을 포기하는 것이 자신을 구원하는 길인지도 모르겠다는 생각이 들었다는 내용이었다.

만약 자신의 야망이 실패로 돌아갈 경우, 푸케에게 기댈 수 있는 기회를 잃지 않으려는 계산이었다. 자신의 치밀함에 그는 스스로 감탄을 금치 못했다. 드 레날 부인에게 했던 실수들은 아무것도 아닌 것처럼 여겨졌다.

그리고 다음 날 저녁 산책을 하면서, 쥘리엥은 자신에게 떠오른 생각을 부인의 귀에 바싹 대고 속삭였다. 아직 어두워지기도 전이었는데 말이다.

"부인, 오늘 밤 두 시에 부인의 침실로 가겠습니다. 드릴 말씀이 있어요."

쥘리엥은 그렇게 말하면서도 자신의 제안이 받아들여질까 봐 내심 두려웠다. 여인을 유혹하는 일이 그에겐 무거운 짐으로 느껴지고 있었다. 마음 같아서는 부인들과 마주하지 않고 자기 방에만 처박혀 있고 싶었다.

드 레날 부인은 그녀대로 쥘리엥의 무례한 제안에 당황하지 않을 수 없었다. 그 대답이 얼마나 나직하였는지 쥘리엥은 거의 알아들을 수 없을 지경이었지만, 그녀는 나름대로 단호하게 말했다.

"부끄러운 줄 아세요."

쥘리엥은 부인이 자신을 경멸하게 될까 봐 두려워졌다. 그는 곧 자리에서 일어나 자신의 방으로 들어갔다. 정말 비참한 기분이었다.

당연히 잠이 올 리 없었다. 어색했던 자신의 행동이 자꾸 떠올라 머릿속에서 끊임없이 맴돌았다. 다른 계획들을 짜내 보다가도 모두 헛일이라는 생각이 들었다. 이런 참담한 기분에 빠져 있을 때 베르지 교회의 종이 두 번 울렸다. 두 시였다. 마침내 그의 운명을 결정지을 시험의 시간이 온 것이었다. 쥘리엥은 침대에서 천천히 몸을 일으키며 나직이 내뱉었다.

"드 레날 부인이 늘 내게 상기시키듯, 내가 비록 미천한 목수의 자식이긴 해도 약한 사람은 아니야."

그러나 그런 다짐도 극심한 공포와 두려움 앞에서는 힘을 잃었다. 무릎이 후들후들 떨리는 바람에 자기도 모르게 벽에 몸을 기대야 할 정도였다.

쥘리엥은 침실을 살그머니 빠져 나왔다. 드 레날 씨의 방문 앞을 지나는데 문 안쪽에서 코 고는 소리가 들려왔다. 이 무모한 계획을 포기할 좋은 핑곗거리가 사라진 셈이었다. 결국 그는 무엇을 어떻게 해야겠다는 생각도 없이 부인의 침실 문을 밀고 안으로 들어갔다. 사실 어떤 계획이 있었다 해도 실행할 수 없을 만큼 혼란에 빠진 상태였다.

쥘리엥이 들어오는 것을 본 부인은 질겁을 하며 침대에서 벌떡 일어나 앉았다. 부인의 반응에 놀란 쥘리엥은 자신이 세웠던 허황된 계획을 까맣게 잊고 말았다. 부인처럼 아름다운 여인에게 사랑받지 못한다는 사실만이 세상에서 가장 큰 불행처럼 여겨졌다. 그는 부인의 발치에 꿇어앉은 뒤, 그녀의 두 무릎을 감싸 안았다. 그러고는 눈물을 흘리기 시작했다. 그것은 결코 계산된 속임수가 아니었다. 하지만 부인의 방어심을 무너뜨리는 데는 그의 눈물과 절망적인 모습보다 더 좋은 것이 없었다. 부인은 그를 두 팔로 껴안고 키스를 퍼부어 댔다.

몇 시간 뒤 드 레날 부인의 방을 나서는 쥘리엥의 마음은, 소설식 표현으로 말하자면, 더 이상 아무것도 바랄 게 없는 상태였다. 한편 부인은 쥘리엥이 떠난 뒤에도 사랑의 황홀감과 죄를 지었다는 자책감 사이에서 헤어나지 못하고 있었다. 그러나 이미 그녀에게 쥘리엥은 세상의 모든 것이었다. 이제 더 이상 자신의 감정을 감출 수 없었다.

그렇게 그들의 격정적인 연애는 시작이 되었다. 드 레날 부인은 나이 때문에 쥘리엥이 자신을 사랑하지 않을지도 모른다는 걱정이 들기도 했다. 부인이 그보다 열 살이나 많았으니 말이다. 그런 불안감은 남편에 대한 죄책감도 잊게 할 정도로 그녀를 괴롭혔다.

그렇다고 쥘리엥이 야심을 이루기 위해 계획적인 연애를 하고 있는 것만은 아니었다. 그는 실제로 드 레날 부인에게 사랑을 느끼고 있었다. 그 누구도 부인보다 아름답지 못하다는 사실과 그녀의 천사처럼 고운 마음씨를 깨닫게 된 것이었다.

어느 날 부인은 용기를 내어 초상화에 대해 물었다. 쥘리엥은 어떤 남자의 초상화라고 맹세했다. 그녀는 초상화 속의 연적이 존재하지 않는다는 사실에 더없는 기쁨을 느꼈다. 쥘리엥의 마음이 진심이라 생각한 부인은 자신의 불안감을 얼마간 떨쳐 낼 수 있었다. 그저 전에는 미처 몰랐던 행복을 느낄 뿐이었다. 다

만 그를 좀더 일찍 만났다면 얼마나 좋았을까 하고 아쉬워하곤
했다.

물론 출세에 대한 야심이 그의 마음을 떠난 적은 단 한 번도
없었다. 그는 이제 부인에게 신분이 열등한 사람으로 취급당할
걱정은 하지 않게 되었다. 마음과는 다른 연기를 하려던 생각도
완전히 잊었다. 긴장이 풀리면 자신의 걱정거리를 그녀에게 털
어놓기도 했다.

쥘리엥은 살아오는 동안 누구를 사랑해 본 적도, 누구로부터
도 사랑을 받아 본 적도 없었다. 그래서 다른 사람을 그처럼 완
벽하게 믿을 수 있다는 느낌은 낯설지만 설레고 기분 좋은 것
이었다. 어느 날엔 자신의 은밀한 야망에 대해서 부인에게 모두
고백하고 싶다는 생각까지 들었다. 그녀와 모든 것을 공유하고
싶었다.

그러나 그런 생각이 하마터면 큰 곤경을 가져올 뻔한 적도 있
었다. 어느 날 저녁, 두 사람이 정원에 앉아 이야기를 나누고 있
었다. 쥘리엥은 불쑥 나폴레옹의 업적을 찬양하는 이야기를 꺼
냈다. 학문은 높지만 집안이 가난했던 청년들에게 나폴레옹이
기회를 마련해 주었던 점을 높이 평가하는 내용이었다.

"정말 그분이 죽은 건 젊은 사람들한테는 비극이죠!"

그 말을 들은 드 레날 부인의 얼굴이 백지장처럼 하얗게 질렸
다. 그녀가 생각하기에 그런 사고방식은 하인들에게나 어울릴

만한 것이었다. 부유한 환경에서 자라 온 그녀는 쥘리엥도 당연
히 자신과 같은 생각일 거라고 여기고 있었던 것이다.

"우리는 이제 그런 부류의 사람들과 상종하지 않아요."

그녀는 얼음장처럼 싸늘한 어조로 말했다. 나폴레옹에 관한
모든 이야기는 그녀를 질겁하게 만들었다. 게다가 남편의 친구
들 말에 따르면, 자기 신분 이상의 교육을 받은 청년들은 다시
혁명을 일으킬 소지를 다분히 가지고 있다는 것이었다. 그녀는
혁명 같은 것은 일어난 적이 없다고 믿고 싶었다. 세상이 그저
자기처럼 부유한 사람들로만 가득 찬 곳이길 바랐다.

쥘리엥은 금세 자신의 실수를 깨달았다. 그 뒤로는 베르지에
서 두 번 다시 나폴레옹에 대한 이야기를 꺼내지 않았다. 부인
이 자신과 결코 섞일 수 없는 사회에 속해 있다는 사실을 어느
때보다 뼈저리게 느꼈다. 그녀가 비록 착하고 자신에게 관심을
갖고 있기는 하지만 적의 진영에서 자라났다는 사실은 부인할
수 없었다. 영혼 저 깊은 곳에서 그는 부인의 세계 바깥쪽에 서
있었던 것이다.

그 대화 때문이었는지, 드 레날 부인은 쥘리엥에게 베리에르
지역의 정치 사정을 자주 들려주었다. 그것은 그녀가 쥘리엥에
게 가르쳐 주고 싶은 교양의 일부이기도 했다. 또한 쥘리엥이
큰 인물이 될 수 있도록 돕는 그녀 나름의 방법이었다. 쥘리엥
역시 자신이 읽는 책들을 새로운 방식으로 이해하려면 그녀의

도움을 받는 편이 이로웠다. 그래서 용기를 내어 사소한 것들을 묻기도 했다. 비록 뛰어난 재능을 가지고 있다 해도, 계급 차이에서 오는 무지함이 청년의 발전을 가로막을 수도 있기 때문이었다.

부인은 쥘리엥이 언젠가는 기품 있는 지위를 가지게 될 거라고 믿고 있었다. 그의 천재성에 은근히 겁이 날 정도였다. 그녀는 때때로 그에게서 교황이나 정치가의 모습을 보기도 했다.

"위대한 인물에게는 그에 걸맞는 자리가 준비되어 있게 마련이에요. 왕정도 종교도 그런 인물을 필요로 하지요."

드 레날 부인은 쥘리엥에게 종종 이런 말을 하곤 했다.

어느 고요한 가을 밤이었다. 헌병 한 명이 말을 타고 와서 자고 있는 베리에르 사람들을 깨웠다. 그가 가져온 소식은 실로 놀라운 것이었다. 바로 프랑스 국왕이 베리에르에 행차하게 되었다는 내용이었다. 거리는 온통 흥분의 도가니에 빠졌다. 이 사건은 우연히도 쥘리엥에게 군대와 교회, 이 두 가지 삶을 모두 경험할 수 있는 기회를 만들어 주었다.

시장인 드 레날 씨는 국왕의 방문을 기념하는 여러 가지 거창한 행사를 준비해야 했다. 그 가운데 두 가지 행사가 특히 더 중요하게 추진되었다. 하나는 의장대를 구성해 시내를 행진하는 것이었다. 또 다른 하나는 베리에르에서 몇 킬로미터 가량 떨어진 유서 깊은 교회에서 특별 미사를 올리는 일이었다.

드 레날 부인은 서둘러 베리에르로 돌아갔다. 그녀가 도착하자 집 안 응접실 안은 부인들로 붐비기 시작했다. 모두 자기 남편을 의장대의 일원으로 참가시켜 줄 것을 청탁하러 온 여자들이었다. 부인은 그들을 다 돌려보냈다. 그녀는 왠지 모르게 아주 바빠 보였다.

쥘리엥은 자기에게 신경 써 주지 않는 그녀가 못내 서운했다. 그러나 그럴수록 그녀가 더욱 그립기도 했다. 국왕을 맞이하는 기쁨 앞에서 혹여 사랑이 사라져 버린 것은 아닌지, 의심하는 마음이 그를 괴롭혔다.

그러나 사실은 이랬다. 드 레날 부인은 쥘리엥이 가정교사가 입는 검정 양복 대신 붉은색 제복을 입은 모습을 꼭 한 번 보고 싶었다. 그래서 쥘리엥이 의장 대원으로 임명되도록 애를 쓰느라 분주했던 것이다. 그녀는 쥘리엥의 몸에 꼭 맞는 제복을 서둘러 맞추어 놓았다. 그가 탈 좋은 말도 발르노 씨에게서 미리 빌려 놓았다. 쥘리엥과 시 전체를 놀라게 하는 것, 이것이 바로 그녀의 계획이었다.

의장대 구성 문제가 해결되자, 시장은 교회 미사 건에 관해 고민하기 시작했다. 국왕이 성 클레망의 유골 참배를 위한 미사를 원했기 때문이다. 이 미사에 많은 성직자들을 참여시켜야 했는데, 그것이 바로 가장 어려운 문제였다. 새로운 주임 신부 마슬롱은 셀랑 신부의 참석을 극구 반대했다. 그러나 이 지방의 영주인 드 라 몰 후작이 국왕의 수행원으로 지명되어 있었다. 바로 그게 문제였다. 그가 삼십 년 전부터 친분을 쌓아 온 셀랑 신부를 찾을 것은 분명한 일이었다. 그렇다면 셀랑 신부의 면직 사실을 알게 될 테고, 만약 신부의 은신처까지 찾아가겠다고 고집한다면 망신을 피할 수 없는 노릇이었다.

드 레날 씨는 사흘 동안 마슬롱을 설득해야 했다. 그리고 셀랑 신부에게도 참석할 것을 허락받았다. 미사 준비에 쥘리엥을 조수 자격으로 동반시킨다는 조건하에서였다.

드디어 국왕이 행차하는 날, 베리에르는 인근에서 모여든 사람들로 술렁거렸다. 의장대의 행진 속에서 아홉 번째 첫 줄의 기수는 잘생긴 청년이었다. 처음에는 그가 누구인지 아무도 알아보지 못했다. 그러나 그가 쥘리엥이라는 사실을 알아차린 순간, 사람들은 화가 나 소리를 지르거나 너무 놀라 침묵했다. 청탁을 거절당한 사람들 사이에서 시장을 비난하는 목소리가 높아졌다.

그러나 쥘리엥은 자신이 주목받고 있다는 사실에 행복하기만 했다. 말 위에서 마치 나폴레옹의 무관이라도 된 듯한 기분을 즐겼다. 그런 그의 모습을 지켜보는 드 레날 부인도 짜릿한 전율을 느꼈다. 쥘리엥보다 행복한 사람은 그곳에서 그녀뿐이었다. 의장대 행사가 끝나자 쥘리엥은 재빨리 신부 옷으로 갈아입고 미사 장소로 향했다.

쥘리엥은 미사에서 큰 감명을 받았다. 물론 나폴레옹의 군인이 되어 붉은 제복을 입고 말 위에 앉아서 포대를 공격하는 상상을 했던 것도 즐거운 일이었다. 하지만 성직자들의 엄청난 권력과 사회적 영향력을 체험하지 못한 그로서는 자신이 목격한 일들에 금세 압도당하고 말았다. 게다가 오드(프랑스 남부 랑그도크 루시용에 위치한 작은 도시—옮긴이)에서 온 젊은 주교를 보았을 때에는 감탄하지 않을 수 없었다. 섬세한 감수성과 기품 있는 거동은 단번에 그를 사로잡았다. 쥘리엥은 젊은 주교를 보면서 자신의 야망을 다시 일깨웠고, 성직자가 된 자신의 모습을 상상하면서 큰 기쁨을 느꼈다.

이렇게 청년은 두 가지 역할을 모두 수행하게 되었다. 두 역할 모두 무사히 잘 해내었다. 물론 교회 미사에 참석했던 사람들 가운데에는 어린 신부의 옷자락 밑으로 군복이 내비친 걸 이상하게 여긴 이들도 있었지만 말이다.

제복을 입고 말 위에 올라탄 쥘리엥의 모습은 베리에르의 시민들 사이에 두고두고 입에 오르내리며 큰 화제를 불러일으켰다. 시내의 부잣집 사람들은 시장이 목수의 자식을 의장대에 끼워 준 것은 부당한 조치라며 비난했다. 도무지 있을 수 없는 일이 어떻게 용납되었는지를 두고 다들 입방아를 찧었다. 모두 드레날 부인의 가증스러운 짓이라고 입을 모아 말했다. 어린 신부

소렐의 아름다운 얼굴을 보면 말하지 않아도 그 이유를 알 만하다고들 생각했다. 그리고 뒤이어 번진 소문은 드 레날 부인이 결코 가볍게 웃어넘길 수 있는 내용이 아니었다.

제 4 장

벼랑 끝에 서다

드 레날 부인과 쥘리엥은 자신들 앞에 놓인 위험이 어떤 것인지를 점차 뚜렷이 깨달았다. 베르지로 돌아오고 얼마 되지 않아, 시장의 막내아들이 열이 오르면서 심하게 앓기 시작했다. 그러자 드 레날 부인은 두려움에 떨며 처음으로 자신의 사랑을 자책했다. 아이의 아픔을 하느님이 보낸 경고라고 생각한 것이었다.

그녀는 쥘리엥에게 제발 집을 떠나 달라고 간청했다. 쥘리엥이 떠나면 자신의 죄를 하느님과 사람들에게 고백하고 용서를 받겠다고 하였다. 아이의 병이 악화되자 부인은 남편의 발밑에 엎드려 울부짖기도 했다. 아들을 죽음으로 내몬 것은 자신이라며 용서를 빌었다. 그런 아내를 보면서도 드 레날 씨는 아무런 의심도 하지 않았다.

그러나 부인의 이런 모습을 본 쥘리엥은 놀라서 어쩔 줄 몰랐다. 이게 간통이란 것이구나! 고귀한 성품을 가진 한 여인이 자신 때문에 불행해지고 있었다. 정말로 그녀의 곁을 떠나야 하는지 고민스러웠다. 그러나 결론은 그녀를 혼자 고통 속에 두어서도, 둘의 관계를 남편에게 고백하게 놔두어서도 안 된다는 것이었다. 그렇게 된다면 모두가 파멸할 것이 분명했다. 쥘리엥은 떠날 수 없었다.

다행히 그사이에 아이는 회복되었다. 위기를 넘기며 두 사람의 연애는 지속되었다. 드 레날 부인은 쥘리엥에게 희생적이었다. 그녀의 진심 어린 사랑 앞에서 쥘리엥 또한 진정으로 마음을 열어 갔다. 두 사람의 행복과 열정은 나날이 커져만 갔다. 그러나 달콤하기만 하던 연애의 초기와 달리, 때때로 죄책감의 그늘이 짙게 드리워지기도 했다. 부인은 쥘리엥의 손을 잡고도 지옥이 보인다며 두려움에 몸을 떨었다.

곧 부끄러운 사건이 터지리라고 확신한 데르빌르 부인은 사촌을 내버려 두고 베르지를 떠났다. 드 레날 부인을 설득해 보려 했지만 그녀는 충고를 귀담아듣지 않았다. 오히려 쥘리엥에 대해 나쁘게 얘기할 때마다 버럭 화를 내곤 했다. 하지만 집안에서 하인들이 두 눈으로 빤히 지켜보고 있었다. 데르빌르 부인이 눈치챈 일을 그들이라고 모를 리 없었다.

어느 날 엘리자는 중요한 볼일을 보기 위해 별장을 나와 베리에르에 갔다. 그녀는 시내에서 우연히 시장과 정적(政敵) 관계에 있는 발르노 씨를 만났다. 그는 국왕의 행차 때 쥘리엥이 나선 일을 두고 그녀에게 불만을 털어놓았다. 엘리자는 그가 쥘리엥을 못마땅해 한다는 것을 알고 모든 일을 고자질하기로 마음먹었다. 자신을 거절한 쥘리엥을 증오하고 있었기 때문에 한 치의 망설임도 없었다.

발르노 씨는 엘리자의 이야기를 듣고 자존심에 큰 상처를 입었다. 믿을 수 없는 일이었다. 이 도시에서 가장 아름답고 빼어난 여자가, 젊은 시절 자신이 여러 해에 걸쳐 추파를 던졌을 때 창피를 주기만 했던 그 콧대 높은 드 레날 부인이 가정교사로 그럴 듯하게 꾸민 풋내기 목수를 연인으로 삼았다니!

"쥘리엥 씨는 부인의 마음을 얻는 데 별 힘을 들이는 것 같지도 않았어요. 전에 그 사람이 저와의 결혼을 거절한 것도 바로 그 때문일 거예요."

엘리자는 분하다는 듯이 말했다.

그날 저녁 드 레날 씨는 일간 신문과 함께 발신인의 이름이 없는 한 통의 긴 편지를 받았다. 편지는 그의 집안에서 일어나고 있는 일을 아주 상세히 일러 주고 있었다. 식탁 맞은편에 앉아 있던 쥘리엥은 편지를 읽는 시장의 낯빛이 점점 해쓱해지는 것을 잠자코 바라보았다.

해쓱한 안색도 잠시, 곧 드 레날 씨의 얼굴이 벌겋게 달아올랐다. 손에 쥔 종이를 빤히 들여다보다가 쥘리엥에게 한 번씩 험상궂은 눈길을 보내기도 했다. 드 레날 씨의 모습을 눈여겨보던 쥘리엥은 무슨 일이 일어났는지 금세 알아차렸다. 그는 얼른 식탁을 빠져 나왔다. 그리고 침실로 들어가려던 연인을 붙들고 간신히 말을 전했다.

"오늘 밤엔 만나지 말아요. 부인의 남편이 받은 편지는 틀림없이 익명으로 보낸 모함 편지일 겁니다! 어쨌든 그 양반이 뭔가 의심하는 게 분명해요!"

쥘리엥은 재빨리 자신의 침실로 들어간 다음 문을 걸어 잠갔다. 한두 시간 뒤 복도에서 발걸음 소리가 들리더니, 누군가 침실 문을 열려고 애쓰는 소리가 들렸다. 부인일까, 아니면 질투심에 사로잡힌 남편일까? 쥘리엥은 숨을 죽이고 복도를 따라 멀어져 가는 발걸음 소리에 귀를 기울였다. 문을 잠가두길 잘했다는 생각이 들었다.

문을 두드린 이는 드 레날 부인이었다. 그녀는 쥘리엥의 경고가 그날 밤 자기와 만나기 싫어서 일부러 꾸며 낸 핑계라고 여겼다. 드 레날 부인은 다시 자신의 방으로 돌아온 뒤 곰곰 생각에 잠겼다. 그것이 정말 자신의 이야기를 전하는 편지라면 큰일이었다.

"쥘리엥이 눈치가 빨라 정말 다행이야."

다음 날 아침 쥘리엥은 방문 틈으로 부인이 밀어 넣은 편지를 발견했다. 눈물에 글자가 번진 데다 맞춤법도 엉망이었다. 급히 휘갈겨 쓴 글씨는 그녀의 다급했던 심정을 고스란히 보여 주고 있었다. 편지에는 첫 구절부터 자기를 떠나지 말고 영원히 사랑해 달라는 애원의 말이 줄줄이 이어져 있었다. 그리고 거기에는 자기들의 관계를 폭로했을지도 모를 적대자의 편지에 대처할 수 있는 기발한 방안도 들어 있었다.

남편이 사태를 정확하게 추측했다면 이제 이 난처한 상황에서 벗어나는 방법은 한 가지뿐이었다. 그것은 다름 아닌 익명의 모함 편지를 하나 더 만드는 것이었다.

이 두 번째 편지의 내용은 첫 번째 편지만큼이나 지저분하고, 부인을 온갖 방식으로 흠잡는 내용이어야 했다. 오전에 쥘리엥이 편지를 써서 보내면, 아주 불쾌하다는 듯이 남편에게 그 편지를 건네고 도움을 청한다는 것이 그녀의 계획이었다. 그러면 남편은 갈피를 잡지 못할 게 분명했다.

게다가 남편의 강력한 라이벌인 발르노 씨가 예전에 부인에게 보냈던 편지의 내용과 비슷하게 구성하면 의심할 여지가 없을 터였다. 부인은 쥘리엥이 쓸 익명의 편지 초안까지 적어 놓았다.

당신의 행실은 속속들이 밝혀졌습니다. 당신에게 남아 있는 우정으로 충고합니다. 그 시골뜨기와 헤어지십시오. 만약 당신이 그 일을 잘해 낸다면 남편은 자기에게 온 익명의 편지를 거짓이라고 생각할 겁니다. 나는 당신의 비밀을 알고 있소. 그것을 잊지 마십시오. 이제 나를 향해 똑바로 와야 합니다.

벼랑 끝에 선 두 연인이 이 모든 것을 계획하고 있을 즈음, 익명의 편지를 읽은 드 레날 씨는 크게 흥분해 있었다. 그는 마치 둘 중 하나를 죽이기라도 할 듯한 태세였다. 아니 어쩌면 둘을 모두 죽이게 될지도 몰랐다.

편지를 뜯어 본 순간부터 그의 머릿속은 어지럽게 휘돌기 시작했다. 익명의 편지를 보낸 자가 누구인지 상의해 보고 싶었지만 그럴 만한 상대가 없었다. 가장 믿었던 아내는 지금 가장 경계해야 할 적이나 다름없었다. 자신의 신세가 한없이 불쌍하고 처량하게 여겨졌다. 자신이 세상에서 가장 외로운 사람인 것만 같았다. 이처럼 곤경에 빠졌을 때 노움을 청할 친구가 단 한 명도 없다는 사실을 새삼 깨달은 것이었다.

지나간 인생을 생각하며 그는 뜬눈으로 밤을 새웠다. 아, 이 조그만 도시에서 고작 정치가의 명망을 얻겠다고 그처럼 많은 친구들을 다 저버렸단 말인가? 하지만 스스로에 대한 연민과 분노는 곧 타인을 향한 복수심으로 불타올랐다.

"이 애송이가 마누라와 함께 있는 걸 덮친 다음 둘 다 죽여 버
릴까."

드 레날 씨는 동이 트기도 전에 자리에서 일어나 방 안을 서성
이며 미친 사람처럼 중얼거렸다.

그는 사냥칼을 꺼내 들었다. 날이 잘 서 있었다. 그러나 그걸
보자 피가 연상되었다. 소름이 끼쳤다. 앞으로 세상의 손가락질
을 어떻게 견디며 살아가야 할지 생각해 보았다. 그리고 집안에
서 두 사람이 죽어 나가는 것과 아내가 가정교사와 눈이 맞아
파리로 도망가 버린 사실이 세상에 알려지는 것 가운데 어느 것
이 더 나을지도 가늠해 보았다.

오전 내내 드 레날 씨는 허깨비처럼 정원을 걷고 또 걸었다.
어떻게 하면 자신의 불행을 최소화할 수 있을까 온갖 궁리를 하
며 정원의 한 모퉁이를 막 돌려는 참이었다. 그때 누군가와 마
주쳤다. 아내였다.

드 레날 부인은 그에게 편지 한 통을 건넸다. 깨끗하게 펼쳐
본 뒤 다시 조심스럽게 접은 편지였다. 그는 편지를 거들떠보지
도 않았다. 대신 눈에 쌍심지를 켜고 아내를 바라보았다. 그녀
는 자신의 운명이 이 편지를 남편이 어떻게 생각하느냐에 따라
달라진다는 것을 잘 알고 있었다. 남편은 자신과 연인의 운명을
쥐고 있었다. 그리고 그 운명의 결정은 이 순간 자신의 수완에
달려 있었다. 드 레날 부인은 서둘러 이야기를 시작했다.

"좀 보세요. 역겹기 짝이 없어요. 오늘 아침 미사를 마치고 나오는데 어떤 돼먹지 못한 자가 이걸 주지 뭐예요. 한 가지 분명한 건 쥘리엥 선생을 내보내야 한다는 거예요, 당장."

자신의 말이 남편에게 일으킬 반응을 지켜보는 부인의 가슴은 한없이 죄어들었다. 그러나 쥘리엥의 짐작이 정확했다는 것과 자신의 꾀가 제대로 맞아들었다는 사실을 이내 알 수 있었다. 남편은 인쇄된 글자들을 오려 붙여 쓴 두 번째 편지를 얼빠진 표정으로 읽어 내려갔다.

"미쳐 버리겠군!"

그는 욕설을 퍼붓고 싶은 충동을 꾹 참은 채 편지를 와락 구겨 버렸다. 그리고 정원의 샛길을 저벅저벅 걸어 내려갔다. 잠시 뒤 그는 다시 아내 곁으로 돌아왔다. 아까보다 한결 침착해져 있었다. 남편이 뭐라 말을 꺼내기 전에 부인은 다시 자신의 생각을 내세웠다.

"쥘리엥 선생을 빨리 내보내야 해요. 영리한 사람이니 일자리 얻는 건 문제없을 거예요. 발르노 씨 집에 들이갈 수도 있구요."

그 말에 드 레날 씨는 분을 삭이지 못하고 소리를 질렀다.

"하는 말이 꼭 멍청이 여편네 같기는! 하긴 여자한테서 무슨 그럴 듯한 말을 기대하겠어! 여자들이란 게 다 속이 얄팍하고 태평해서 그저 들꽃이나 찾아다니길 좋아하지! 죄다 허약해 빠지고 감정적인 것들뿐이야!"

이러한 힐난이 한참이나 더 이어졌다. 드 레날 부인은 남편의 분노를 이용할 수 있는 최선의 방법을 알아내기 위해 냉정을 지켰다. 남편의 모욕적인 말 따위는 아무렇지도 않았다. 그녀는 오로지 쥘리엥만을 생각하고 있었다.

"가정교사에겐 죄가 없을지도 모르죠. 하지만 전 이 쪽지를 읽었을 때 그 사람이 아니라면 저라도 집을 나가야겠다고 작정했어요."

"그런 소란은 베리에르 사람들이 입방아 찧어 대기에 좋은 일이란 걸 모르오?"

남편의 화가 가라앉은 듯 보이자, 그녀는 얼른 엘리자와 발르노 씨의 은밀한 관계를 슬쩍 내비쳤다. 그리고 아주 나직한 목소리로 전에도 발르노 씨로부터 연애 편지를 받은 적이 있노라고 털어놓았다.

"그 편지들 당장 가져와 봐요. 이건 명령이야!"

드 레날 씨는 잔뜩 화가 나 소리쳤다. 그러나 아내와 쥘리엥의 관계를 의심하던 지난밤보다는 훨씬 가벼운 기분이었다. 그녀는 남편이 그 편지들을 보겠다고 하자 일부러 난처한 듯 행동했다. 그건 누가 보아서는 안 되는 것이라고 주절주절 변명을 늘어놓았다. 그러자 남편은 예상했던 대로 한층 더 화를 내었다. 드 레날 부인은 그 편지들을 자신의 책상 서랍에 숨겨 놓았으며, 열쇠는 차마 줄 수 없다고 딱 잘라 말했다. 그러고는 남편이

쇠막대기를 집어 들고 그녀의 방으로 달려가는 모습을 놀란 표정으로 바라보았다.

그녀가 뒤를 쫓아 방에 도착했을 때, 책상은 이미 부서져 있었다. 그 곁에서 남편은 조그만 편지 뭉치를 찢어 대고 있었다. 드 레날 부인은 점점 더 대담해졌다. 쥘리엥을 되도록 빨리 해고해야 한다고 더욱 강경하게 주장하였다.

"날이 갈수록 가르치는 일을 소홀히 하고 있잖아요. 게다가 시간만 나면 무슨 소설 나부랭이 같은 데서 주워들은 그럴싸한 말로 제게 아첨을 떤단 말이에요."

"무슨 소리야? 그 친구는 소설 따윈 읽지 않아!"

드 레날 씨는 버럭 소리를 질렀다.

"그건 내가 확실히 알아. 당신은 가장인 내가 눈뜬장님처럼 제 집안에서 일어나는 일을 아무것도 모르는 줄 아나?"

그러다가 한 순간 말을 뚝 그쳤다. 잠시 동안 침묵이 흘렀다. 그는 발르노 씨에게서 온 편지들을 책상 위에 내동댕이치고 주먹으로 책상을 쾅 내리쳤다. 얼마나 세게 내려쳤는지 방이 다 울릴 지경이었다.

"당신이 받은 이 빌어먹을 편지, 그리고 발르노가 보낸 이 편지들! 종이가 똑같잖아!"

드 레날 부인은 입을 벌리며 놀란 표정을 지었다. 이제 싸움은 이긴 것이나 다름없었다. 드 레날 씨는 발르노 씨에 대한 미움이 앞서 아내의 결백을 의심할 수 없었다.

부인은 당장 발르노 씨를 찾아가겠다는 남편을 말리느라 애를 먹었다. 드 레날 집안의 추문이 조금이라도 사람들의 입에 오르내리게 된다면 그건 더욱 끔찍한 일이 아니겠느냐고 설득했다. 이런 일에는 용기와 슬기가 필요한 법이라며, 익명의 편지 따위는 무시해 버리는 것이 상책이라고 덧붙였다.

"당신 말이 맞는 것 같군."

아내의 침착하고 단호한 설득에 드 레날 씨는 아무런 조처도 취하지 않는 것이 최선이라고 판단했다.

이런 연극을 벌이는 동안, 드 레날 부인은 자신의 남편에게 동정심을 느꼈다. 자신의 승리는 곧 그의 불행이나 다름없었다. 그러나 사랑의 정열이란 이기적일 수밖에 없는 것. 드 레날 부인은 남편을 완벽하게 속이기 위해 마지막 카드 하나를 더 써야 했다. 쥘리엥의 거처 문제였다.

드 레날 씨와 부인은 오랜 상의 끝에 가정교사를 당분간 베리에르의 집에 혼자 지내게 하기로 결정했다. 쥘리엥은 아이들을 남겨 두고 베르지를 떠났다. 이렇게 익명의 편지 사건은 일단락되었다.

처음에는 이런 해결책이 잘 먹혀들어 가는 것처럼 보였다. 아이들은 일 주일에 몇 번씩 공부를 하러 베리에르의 가정교사를 찾아갔다. 드 레날 부인은 익명의 편지로 놀란 마음을 조금씩 추스릴 수 있게 되었다. 게다가 베리에르에서 쥘리엥과 단둘이 시간을 보낼 기회도 많아졌다. 쥘리엥도 이 해결책이 마음에 들었다. 옛 스승 셀랑 신부를 찾아가거나 혼자서 책을 읽을 수 있는 시간을 더 많이 가질 수 있었기 때문이다.

쥘리엥은 외로울 틈도 없었다. 그가 베리에르에 돌아와 있는 것이 알려지자, 시내의 부잣집에서 만찬회가 있을 때마다 그를 귀한 손님으로 초대해 주었던 것이다. 파티가 끝날 무렵이면 초대된 손님들은 쥘리엥의 긴 성경 암송을 들을 수 있었다. 그들은 쥘리엥을 칭찬하며 파리에서 공부할 수 있도록 시에서 학비를 대 주어야 한다고 입을 모아 얘기했다. 베리에르에서는 그의 특출한 재능에 대해 모르는 사람이 없었다.

그러나 정작 쥘리엥은 그러한 만찬회에 참석하는 일이 전혀 즐겁지 않았다. 특히 발르노 씨의 집에 초대받아 간 일은 아주 괴로웠다. 물론 많은 이들의 주목을 받을 때는 마치 자신이 귀족이 된 것 같은 기쁨을 느꼈다. 그런데 그들은 수용소의 돈을 빼돌려 자신의 배를 채우고, 수용자들이 노래조차 부르지 못하도록 입을 막았다는 얘기를 아무렇지도 않게 했다. 그들의 탐욕과 비열함에 치가 떨릴 지경이었다.

발르노 부인이 자신을 가정교사로 들이고 싶어 하는 마음을 슬쩍 내비쳤을 때 쥘리엥은 드 레날 부인을 생각했다. 그녀와는 너무 다른 마음씨와 외모가 대조를 이루었다. 발르노 씨가 재산의 절반을 떼어 준다 해도 그들과 함께 살고 싶지는 않았다.

어느 날 드 레날 부인이 아이들과 함께 베리에르의 쥘리엥을 찾았다. 부인과 아이들을 보자 쥘리엥은 가족을 되찾은 듯 기뻤다. 그간의 만찬회에 대해 이야기하자 부인이 웃으며 말했다.

"당신은 이제 인기인이 되었더군요."

아침 식사는 즐거웠다. 아이들도 쥘리엥을 만나게 된 기쁨을 표현하고 싶어 어쩔 줄을 몰라 했다. 하인들에게 쥘리엥 선생님이 더 많은 돈을 받고 발르노 씨의 댁으로 갈지도 모른다는 사실을 전해 들은 뒤라 더욱 그랬다. 식사 도중 막내아들이 어머니에게 자기의 은접시와 컵의 값을 물었다.

"왜 그러니?"

"이걸 팔아서 쥘리엥 선생님께 드리고 싶어요. 그러면 선생님이 우리 집에 계속 있어 주실 테니까요."

쥘리엥은 그런 아이가 너무나도 사랑스러워 품에 꼭 껴안고 입을 맞추었다.

그때 문이 열리고 드 레날 씨가 들어왔다. 드 레날 씨의 표정은 불만으로 가득 차 있었다. 집주인인 자기가 없는 동안 행복에 겨워하는 가족들을 보자 적이 기분이 상한 것이었다.

그러나 화가 난 진짜 이유는 따로 있었다. 쥘리엥이 발르노 씨의 가정교사로 갈지도 모른다는 소문을 들은 것이었다. 밉살스러운 발르노 씨의 부인이 쥘리엥에게 자기네 아이들의 가정교사 자리를 제안할 것이라는 생각에 더욱 걱정이 되었다. 시내 사람들은 시장의 가정교사가 과연 더 많은 급료를 받고 발르노 씨 댁으로 옮겨 갈 것인지에 대해 쑥덕거렸다.

발르노 부인의 욕심은 사실이었다. 하지만 발르노 씨의 허락을 받을 가능성은 거의 없었다. 그에게는 쥘리엥이 시장을 모함하기 위한 수단으로 생각될 뿐이었다.

발르노 씨는 언젠가는 꼭 드 레날 씨를 제치고 시장이 되겠다는 야심에 차 있었다. 상대방이 공식적으로 자신의 상사이긴 했지만 그에게 해를 입힐 수 있는 기회라면 절대 놓치지 않을 작정이었다. 그는 시의회 업무를 관리하는 책임을 맡고 있었는데, 시장인 드 레날 씨보다 훨씬 활동적이었다. 언제나 시 곳곳을 분주하게 돌아다니며 쉼없이 말하고, 쓰고, 살폈다. 반대 의견은 무조건 무시해 버렸는데, 그러면서도 거들먹거린다는 인상을 주지 않으려고 무척 애를 썼다. 비열한 짓도 서슴지 않았다. 시의회에서는 사신의 권위에 질대 도전하지 않을 이수룩한 사람들을 주변에 포진시켜 놓았다. 요즈음에는 자신의 정치적 출세를 도모하느라 지역의 선임 성직자들을 매주 만나 함께 몇 시간씩을 보내곤 했다.

몇 주 전에 드 레날 씨에게 익명의 편지를 써 보낸 것도 그런 이유 때문이었다. 지금은 쥘리엥이 드 레날 부인과 따로 떨어져

살고 있긴 하지만, 경쟁자의 아내에 대해 나쁜 소문을 조장하는
일을 그만둘 생각은 없었다.

게다가 가을로 접어들면서 발르노 씨가 시장과 그의 집안에
해가 되는 이야기를 퍼뜨리는 일은 훨씬 수월해져 있었다. 시
소유 건물에 대한 드 레날 씨의 부동산 입찰 때문이었다. 시장
은 그 일로 여름철의 대부분을 베리에르에서 보내면서 이웃 사
람들의 감정을 상하게 했다.

인구 이만 명 정도가 사는 도시에서 여론을 만드는 데는 무엇
보다 귀족들의 역할이 컸다. 그렇기에 그 여론이 정확한 사실이
라고 확신하기가 어려웠다. 하지만 자치권을 가진 고장의 여론
은 무시할 수 없을 만큼 큰 영향력을 가지고 있었다. 누군가를
판단하려고 할 때 그가 사는 곳의 여론과 평판에서 아무도 자
유로울 수 없기 때문이다. 발르노 씨는 바로 그것을 이용하려는
것이었다.

여기서 지루하게 그 일의 자세한 내막을 얘기하지는 말자. 하
지만 그 결과만 언급해 보자면, 이제 온 시내 사람들은 시장 부
인과 목수 아들 사이의 연애를 두고 이러쿵저러쿵 얘기하기를
무척 좋아하게 되었다는 것이다.

10월이 되었다. 모두가 베르지의 시골 별장을 떠나야 할 때였
다. 드 레날 가족은 다시 베리에르로 돌아왔다. 드 레날 씨를 제

일 먼저 반긴 건 온 시내를 뜨겁게 달구고 있는 소문이었다. 돌아온 지 일주일도 되지 않아, 나쁜 소식을 전하기 좋아하는 사람들이 앞다투어 그를 방문했다. 다른 일에는 굼뜨기 그지없는 사람들이 말이다. 그러면서도 그들은 여느 때처럼 모든 일에서 솜씨 좋게 발뺌하는 기술을 발휘했다.

그 소문은 하녀 엘리자의 귀에도 들어갔다. 그녀는 얼마 전 드 레날 씨의 집에서 나온 뒤 발르노 씨가 얻어 준 새 일자리에서 일하고 있었다. 엘리자는 끓어오르는 질투심에 몸을 떨었다. 할 수만 있다면 직접 보고 들은 모든 것을 만천하에 떠벌리고 싶었다.

'둘이 잘되는 꼴을 마냥 두고 볼 수만은 없지. 내 청혼을 거절한 대가를 반드시 치르게 하고야 말겠어.'

이 발칙한 아가씨는 쥘리엥과 드 레날 부인의 연애 사건을 보다 자세하게 일러바치기 위해 기발한 꾀를 하나 생각해 냈다. 그 내용인즉, 저녁 시간을 이용해 고해 성사를 두 번이나 보는 것이었다. 거기에는 이미 자리에서 물러난 셀랑 신부와 새로 부임한 신부에게 동시에 알리려는 속셈이 있었다.

쥘리엥이 베리에르로 돌아온 다음 날 아침, 교회 종이 여섯 시를 알리자 셀랑 신부는 쥘리엥을 불렀다. 그는 잠시 뜸을 들인 뒤 이렇게 말했다.

"아무것도 묻지 않겠네. 자네에게 간곡히 부탁을 하고 싶어.

아니, 안 되면 명령이라도 하지. 내게 아무 말도 하지 말고 당장 브장송에 있는 신학교로 가게. 어쨌건 여길 떠나야 해. 그리고 일 년 안에 베리에르에 돌아올 생각은 하지도 말게."

셀랑 신부는 쥘리엥이 브장송에 갈 수 있도록 자신이 직접 준비해 놓은 일들을 하나하나 말해 주었다. 브장송은 베리에르에서 칠십 킬로미터 정도 떨어져 있는 군사 도시였다. 그곳의 교회는 청년들을 신부로 양성시키는 유명한 신학교를 운영하고 있었다.

쥘리엥은 신부의 집을 나와 곧장 드 레날 부인에게 달려갔다. 조심하라고 귀띔해 주기 위해서였다. 부인은 깊은 절망에 빠져 있었다. 그녀 역시 이미 파다해진 소문을 들은 뒤였다. 이제 이별을 피할 수 없다는 사실을 그녀도 알고 있었다. 쥘리엥이 발르노 씨의 제안을 받아들여 베리에르에 머물기를 바라는 마음도 있었지만, 그렇다고 자신의 행복만을 생각할 수는 없는 노릇이었다.

쥘리엥은 떠난 뒤 사흘 째 되는 날 밤에 그녀를 만나러 오겠다고 약속했다. 그녀는 쥘리엥의 사랑이 진심이라는 것을 믿고 가까스로 눈물을 참았다. 그녀는 사랑의 정표로 자기의 머리칼을 한 줌 잘라 연인에게 주었다. 쥘리엥의 진심에 힘을 얻은 부인은 아주 침착한 태도를 보여 주었고, 쥘리엥은 그녀의 침착함에 깊이 감동받았다.

곧이어 드 레날 씨가 집으로 돌아왔다. 그는 새로 받은 편지에 화가 치밀 대로 치밀어 있었다. 도저히 참을 수 없었다. 그렇다고 아내를 다시 추궁할 수도 없는 노릇이었다. 만약 그럴 경우 그녀가 자신을 버리고 처가의 돈에 의지해 다른 지방에서 혼자 살겠다고 할 것만 같았다. 드 레날 씨는 부인의 유산에 대한 기대와 우유부단한 성격 때문에 아내에게 아무 허물도 없다고 믿기로 작정하고 있었다.

그러나 베리에르의 여론이 위험한 수준임을 숨길 수는 없었다. 게다가 쥘리엥이 발르노의 가정교사로 가는 것은 몹시 불쾌한 일이었다. 지금이 그가 발르노에게 본때를 보여 주어야 할 절호의 기회였다.

"이 편지를 시청에 가지고 가야겠어. 그 발르노라는 비열한 악당에게서 온 것이란 걸 만천하에 공개해야지! 망신을 줘야해. 그리고 결투를 신청하겠어!"

그는 시내의 총포상에서 권총 두 자루를 산 뒤 총알을 집어넣었다. 남편의 계획을 알게 된 드 레날 부인은 생각했다.

'맙소사! 이러다 과부가 될지도 몰라. 이 결투를 막을 수도 있는데 그러지 않고 내버려 둔다면, 평생 남편을 죽였다는 가책에 시달리게 되겠지!'

그날 오후, 드 레날 부인은 남편과 마주 앉아 오랫동안 이야기를 나누었다. 그녀는 어느 때보다 지금이 발르노 씨와 친분을 유지해야 할 때라고 거듭 강조했다. 그리고 쥘리엥을 브장송의 신학교로 보내자고 제안했다. 육백 프랑을 학비로 제공해서 공부를 시키자는 것이었다. 그것이 발르노 씨와 결투하는 것보다 훨씬 용기 있는 행위라고 설득했다.

드 레날 씨 역시 아내의 생각이 옳다고 여겼다. 그러나 쉽사리 결정을 내릴 수가 없었다. 예상치 않았던 엄청난 돈을 치러야 한다는 사실이 너무나도 속상했기 때문이었다. 그는 가정교사를 들이겠다고 마음먹었던 지난날들을 수없이 저주하면서 익명의 편지를 잊으려 애썼다.

마침내 쥘리엥은 베리에르를 떠났다. 드 레날 씨는 더없이 행복했다. 마치 앓던 이가 쏙 빠지는 기분이었다. 작별의 시간이 왔을 때 쥘리엥은 시장이 주는 돈을 한사코 사양했다. 드 레날 씨는 쥘리엥의 거절이 너무 기쁜 나머지 눈물까지 글썽이며 그를 포옹했다. 쥘리엥이 그에게 추천서를 부탁하자 감격에서 채 헤어 나오지 못한 시장은 쥘리엥의 품행을 칭찬할 최고의 찬사를 찾느라 애를 먹었다. 마지막으로 드 레날 씨는 말도 많고 탈도 많았던 젊은 가정교사에게 입을 맞추면서 안전한 여행을 빌어 주었다.

드 레날 씨는 까맣게 모르고 있었지만, 쥘리엥은 약속대로 사흘 뒤 한밤중에 몰래 돌아왔다. 드 레날 부인과 마지막으로 작별 인사를 나누기 위해서였다. 부인은 지난 사흘 동안 쥘리엥과

의 마지막 만남만을 생각하며 그 순간을 손꼽아 기다리던 중이
었다. 그러나 막상 쥘리엥을 만나게 되자 마지막 밤이라는 생각
때문에 마음이 찢어질 듯이 아팠다. 두 연인은 어둠 속에 몇 시
간이나 같이 앉아 있었지만, 슬픔에 잠긴 그녀는 쥘리엥의 말에
대꾸조차 할 수 없었다. 그녀는 겨우 숨만 쉬는 산송장이나 다
름없었다.

"이보다 슬플 수는 없을 거예요……. 아, 차라리 죽을 수나 있
었으면 좋겠어요……. 마치 내 심장이 얼어붙어 버린 것만 같
아요……."

이것이 부인에게서 쥘리엥이 들을 수 있었던 가장 긴 대꾸였
다. 쥘리엥이 아무리 사랑의 밀어를 귀 안으로 흘려보내도 그녀
는 영원한 이별이라는 생각에서 도저히 헤어날 수 없었다. 쥘리
엥은 떠나야 할 시간이 되자 창문에 밧줄을 매달기 시작했다.
부인은 작별 인사도 잊은 채 그 모습을 멍하니 바라보고만 있
었다.

쥘리엥은 연인의 슬픔을 뒤로하고 그곳을 떠났다. 그 또한 비
통한 심정이었다. 그는 베리에르의 교회 첨탑이 시야에서 사라
질 때까지 자꾸만 뒤돌아보았다.

제 5 장

신학교

저 멀리 검은 성벽이 쥘리엥의 눈에 들어왔다. 마침내 브장송에 도착한 것이었다. 브장송은 프랑스에서도 손꼽히게 아름다운 도시였다. 또한 중요한 군사 기지로 견고한 성벽 안에 지어져 있었다.

'내가 지금 이 도시의 방어를 책임지는 장교로서 들어가고 있다면 내 앞길이 지금과는 전혀 다르게 펼쳐지겠지.'

쥘리엥은 깊은 한숨을 내쉬며 우뚝한 성벽을 바라보았다.

물론 현실은 상상과 달랐다. 그는 돈도, 보탬이 될 만한 연줄도 없었다. 그저 가난한 목수의 아들이라는 신분으로 브장송에 들어서고 있었다. 가진 것이라고는 셀랑 신부가 신학교 교장인 피라르 신부에게 보내는 소개장뿐이었다.

아니, 그가 가진 것은 또 있었다. 그의 잘생긴 얼굴과 남자로서의 매력은 베리에르보다 브장송 같은 도시에서 더 빛이 났다. 그는 점심을 먹으러 들어간 어느 카페에서 곧 그런 사실을 알게 되었다.

카페의 규모와 그곳에서 당구를 치고 있는 청년들의 자유로운 모습에 그는 넋을 잃고 말았다. 브장송이라는 도시의 거대함과 화려함에 감탄사가 절로 나왔다. 커피 한 잔을 주문할 용기가 생기지 않을 정도였다. 그때 계산대에 앉아 있던 한 아가씨가 쥘리엥의 아름다운 얼굴을 주의 깊게 바라보고 있었다. 어딘가 서투른 듯 보이는 쥘리엥에게 관심이 갔던 것이다. 그녀는 카페에 손님이 벅적거리게 만들 만큼 아름다운 외모에 멋진 옷차림을 하고 있었다.

쥘리엥 역시 그녀가 자기에게 호감을 보이고 있다는 사실을 눈치 챘다. 그는 방금 전의 수줍음 따위는 모두 털어 버리고 그녀에게 농담을 걸었다. 두 사람은 곧 가까워졌다.

하지만 불행하게도 그녀에게는 애인이 있었다. 얼마 되지 않아 그녀의 애인이 카페 안으로 들어왔다. 쥘리엥과 그녀의 애인은 서로를 쏘아보았다. 기분이 상한 쥘리엥은 연적에게 결투를 신청하겠다고 마음먹었다. 그러나 그런 쥘리엥의 생각을 읽은 여인이 가까스로 그를 설득해 무모한 싸움을 말렸다. 쥘리엥은 그녀에게 언젠가 다시 만나기를 바란다는 말을 남긴 채 그곳을 떠났다.

브장송에 도착하자마자 경솔한 일을 저지른 것 같아 후회가 되었다. 쥘리엥은 누군가에게 분노를 표현할 수 있는 수단을 가지지 못한 사람이었다. 만약 싸움이 벌어졌다면 그는 흠씬 두들겨 맞는 수밖에 없었을 것이다.

얼마 뒤 그는 신학교에 도착했다. 문 앞에는 무쇠 십자가가 달려 있었다. 쥘리엥은 문 쪽으로 천천히 다가섰다. 다리에서 힘이 쭉 빠지는 것 같았다. 그곳이 마치 감옥처럼 여겨졌다. 한 번 발을 들여놓으면 다시 빠져 나올 수 없을 거라는 두려운 생각이 들었다.

"내가 왜 이곳에 오겠다고 했을까?"

쥘리엥은 참담한 심정으로 중얼거렸다.

문을 두드리고 한참이 지나도 아무런 기척이 없었다. 잠시 뒤 검은 옷을 입은 남자가 나와 그를 맞이했다. 창백한 낯빛에 인상이 무서워 보이는 문지기였다. 쥘리엥은 떨리는 목소리로 피라르 신부를 만나러 왔다고 말했다. 문지기는 대답 대신 따라오라는 손짓을 했다.

그를 따라 어두운 계단을 올라가니 천장이 낮고 조명이 침침한 방이 나왔다. 신학교 교장인 피라르 신부의 사무실이었다. 쥘리엥은 잔뜩 겁에 질려 있었다. 방 안은 죽음보다 고요한 침묵에 휩싸여 있었다. 팽팽한 긴장감이 느껴졌다.

"이름은?"

방 저편 끝에서 목소리가 울려 나왔다.

쥘리엥은 찬찬히 어둠 속을 들여다보았다. 책상 앞에 앉아 있는 사람이 희끄무레하게 보였다. 허름한 옷차림의 사내였다. 사내는 무언가를 열심히 쓰고 있었다. 쥘리엥은 떨리는 가슴을 진정시키며 앞으로 걸어 나갔다.

"쥘리엥 소렐입니다."

"많이 늦었군."

어둠 속의 사내는 무서운 눈길로 쥘리엥을 쏘아보았다. 극도로 긴장한 쥘리엥은 그 자리에서 쓰러질 것만 같았다. 사내는 책상 서랍에서 편지 한 통을 꺼냈다.

"셀랑 신부가 내게 자네를 추천했네. 그분은 교구에서 아주 훌륭한 신부인 데다가 나와는 삼십 년 넘게 우정을 지켜 왔지."

"아, 그럼 피라르 신부님이시군요. 뵙게 되어 영광입니다."

쥘리엥이 기어 들어가는 목소리로 말했다.

"맞네."

신학교의 교장은 못마땅한 표정으로 쥘리엥을 쳐다보았다. 그러고는 셀랑 신부로부터 받은 편지를 펼쳐 소리 내어 읽기 시작했다.

"'쥘리엥은 기억력과 이해력에 부족함이 없고 생각도 깊습니

다. 하지만 신앙심이 얼마나 깊고 독실한지는 의문입니다.' 독실
이라!"

교장은 눈을 동그랗게 뜬 채 '독실'이란 말을 되뇌었다. 그리
고 쥘리엥에게 책상 옆 의자를 가리키며 앉으라는 시늉을 했
다. 피라르 신부는 그에게 라틴 어를 할 수 있는지 물었다. 쥘리
엥은 여전히 겁에 질려 있었지만 라틴 어로 침착하게 대답했다.
그들 사이에 긴 대화가 시작되었다. 대화가 라틴 어로 계속되자
피라르 신부의 눈빛이 조금씩 부드러워졌다.

피라르 신부는 쥘리엥의 신학 실력을 시험하면서 내심 놀라
지 않을 수 없었다. 쥘리엥의 답변은 명석하고 정확했다. 건전한
정신의 소유자라는 것을 의심할 여지가 없었다. 자기의 친구가
왜 이 청년을 추천했는지 알 것 같았다. 얼마간 감동을 받기까
지 했다. 그러나 피라르 신부는 자신의 엄격함을 계속 유지하려
고 애썼다. 어느 정도 자신감을 되찾은 쥘리엥은 눈에 띄게 활
달해졌다.

"쥘리엥을 103호실로 안내해 주시오."

교장이 문지기에게 지시했다. 그를 특별히 배려해 독방을 준
것이었다. 103호실은 건물 꼭대기 층에 있는 조그만 방이었다. 손
바닥만 한 창문 밖으로 성벽과 교외의 아름다운 들판이 보였다.

쥘리엥은 방 안에 하나뿐인 나무 의자 위에 털썩 주저앉았다.
너무 긴장해 있던 탓인지 피곤이 밀려 왔다. 그는 곧 깊은 잠에

빠졌다. 저녁 식사 시간을 알리는 종소리도, 미사 시작 종소리도 듣지 못했다.

다음 날 아침 해가 떠올랐을 때, 그는 마룻바닥에 누워 있었다. 아침 식사 시간에 처음으로 동료 학생들을 만나 보았다. 학생들의 수는 삼백 명이 넘었다. 쥘리엥은 그들 대부분이 하층민의 아들임을 단번에 알 수 있었다. 매일 반복해서 외우는 라틴어의 뜻조차 이해하지 못하는 무리였다. 들판에서 하루 종일 고생하느니 차라리 라틴 어 몇 마디를 외워 밥벌이나 하자고 생각한 청년들이었다. 그들은 교회의 거룩한 생활과 철학적인 토론에 그저 흥미를 가진 척만 하고 있을 뿐이었다. 실제로 그들이 가진 관심사라고는 쉽게 사는 길, 장차 성직자가 되어 돈을 벌 수 있는 방법뿐이었다.

그들을 보며 쥘리엥은 생각했다.

'나폴레옹 밑에서라면 나는 장교가 되었겠지. 하지만 이 친구들과 어울리게 되었으니 주교가 되자.'

쥘리엥은 그들 사이에서 두각을 나타내겠다고 마음먹었다. 그러나 그가 미처 깨닫지 못한 것이 있었다. 동료 학생들 누구도 책이나 문학이나 종교사를 공부하는 일을 중요하게 생각하지 않는다는 사실이었다. 무리 가운데 누군가 공부를 잘해 보려 하면 모두 의심의 눈초리부터 보냈다. 여러 과목에서 일등을 하는 것은 그들에게 죄악으로 비쳤다.

프랑스 교회는 서적을 교회의 진정한 적이라고 생각했다. 마음으로부터의 복종만이 신부의 가장 중요한 덕목이었다. 따라서 종교에 관한 것이라 해도 공부로 성공하는 것은 수상쩍은 일이었다. 그런 그들에게 쥘리엥의 노력은 이상하게 보일 수밖에 없었다. 그들은 쥘리엥이 자신들과 다른 종류의 사람이라는 것을 재빨리 알아차렸다.

제 6 장
짧은 해후

신학교에서 지내는 몇 주 동안 쥘리엥은 우울하기 짝이 없었다. 자신의 신세가 비참하고 외롭게 느껴졌다. 가끔 드 레날 부인 생각에 밤잠을 설쳤지만, 그녀로부터는 아무런 소식이 없었다. 마치 온 세상이 그를 잊어버린 것 같았다.

사실 쥘리엥 앞으로 오는 편지들은 모두 피라르 신부가 받아 보고 있었다. 그는 그것을 읽는 즉시 없애 버렸다. 편지는 쥘리엥을 정열적으로 사랑하는 어떤 여인으로부터 오는 것이 분명했다. 신부는 그녀로부터 쥘리엥에게 작별을 고하는 마지막 편지가 오자 비로소 마음을 놓았다.

자신이 불행하다는 생각에 병이라도 날 것 같던 어느 날, 쥘리엥에게 반가운 손님이 찾아왔다. 푸케였다. 푸케는 그동안 다섯 번이나 방문했지만 번번이 거절당했다고 말했다. 두 사람은 감격에 겨워 서로 얼싸안았다. 쥘리엥은 친구에게 고향 소식을 하나도 빼놓지 말고 얘기해 달라고 채근했다. 두 친구의 이야기는 그칠 줄 모르고 계속되었다. 그러나 푸케가 가져온 한 가지 소식을 들었을 때 쥘리엥의 안색이 변했다.

"소식 못 들었어? 네가 가르치던 아이들의 어머니가 아주 독실한 신앙심을 가지게 되었대. 디종이나 브장송까지도 와서 고해를 한다는 거야."

"드 레날 부인이 여기 브장송까지 온다고?"

쥘리엥은 얼굴을 붉히며 소리쳤다.

"그래, 아주 자주 온대."

푸케는 쥘리엥의 반응에 약간 당황해 하면서 대답했다. 그리고 더 이상 부인에 관해 얘기하지 않았다. 푸케가 떠나고 난 뒤 쥘리엥은 며칠 동안 부인에 관한 놀라운 소식 이외의 다른 것에 대해서는 거의 아무 생각도 할 수 없었다.

쥘리엥은 행복하지 못한 신학교 생활을 하면서 자신의 감정을 숨기는 방법을 터득해 가고 있었다. 무엇보다 자신에 대해 생각하기를 즐기는 사람이라는 인상을 주지 않기 위해 노력했다. 스스로 생각하고 스스로 판단하는 것은 신의 권위를 믿고,

그에 맹목적으로 복종해야 하는 신학도의 생활에서 죄악이나 다름없었다.

쥘리엥은 곧 자신의 어리석음을 깨닫고 동료들과의 거리감을 좁히려 애를 썼다. 신학교에 입학한 뒤 자신의 적이 생긴 진짜 이유를 알게 되었기 때문이다. 그는 좋은 성적에만 집착하지 않고 신앙 수련에 힘을 썼다. 먹을 것에 행복해 하는 동료들의 가난과 무지에 동정심을 느끼기도 했다. 그들의 눈에 비치는 자신의 모습을 완전히 바꾸기 위해 최선을 다했다. 그러나 매 순간 자신의 본성을 감추고 위선적으로 행동하는 일은 너무나 어려웠다. 끈질긴 노력에도 성공은 멀기만 했다.

쥘리엥의 인생에서 가장 어려운 시기였다. 그는 인간의 의지가 진정 강한 것인지 의심할 수밖에 없었다. 다르다는 것이 미움받는 이유가 될 수 있다는 것도 쓰라린 실패 끝에 어렴풋이 깨달았다.

동료들은 쥘리엥을 '마르틴 루터'라고 부르면서 그의 명석함을 비꼬았다. 수업 중 토론을 주도하다가 웃음거리가 되기도 했다. 동료들의 비웃음은 노골적인 욕설로 이어졌고, 심지어는 폭력의 위협에까지 이르렀다. 쥘리엥은 부엌에서 조그맣고 날카로운 칼을 한 자루 찾아 품고 다니면서 여차하면 그걸 사용하겠다는 시늉을 해 보이고는 했다.

쥘리엥의 고해 성사를 담당하게 된 신부는 피라르 교장이었다. 피라르 신부는 쥘리엥의 이야기를 듣기만 할 뿐 그 어떤 조언도 해 주지 않았다. 쥘리엥은 신학교 생활에 관해 그가 조언 한마디만 해 주었어도 자신이 그토록 괴롭지는 않았을 거라고 원망하곤 했다. 그러나 피라르 신부가 자신을 믿는 만큼 그를 신뢰하고 있기도 했다.

피라르 신부 말고도, 쥘리엥에게 믿음을 주고 터놓고 얘기하기를 좋아하는 신부가 한 명 더 있었다. 교회의 의식을 주재하는 샤 베르나르 신부였다. 그는 설교술을 가르치는 선생이기도 했다. 신학교 분위기를 파악하기 전, 쥘리엥은 그의 강의에서 줄곧 일등을 차지했다. 그런 이유로 샤 신부는 쥘리엥에게 호감을 보였고, 그를 불러 정원을 함께 산책하기도 했다.

어느 날 저녁 피라르 신부가 쥘리엥을 불렀다. 축제를 위한 브장송 교회의 장식 때문이었다. 샤 신부가 쥘리엥의 도움이 필요하다고 특별히 부탁을 했다는 것이다.

쥘리엥은 다음 날 새벽 일찍감치 일어나 브장송 교회로 찾아갔다. 샤 신부가 그를 반겼다.

"잘 왔어, 자네를 기다리고 있었네. 오늘 할 일은 오래 걸릴 뿐 아니라 무척 힘들 거야."

샤 신부의 말은 사실이었다. 전날 교회에서 큰 장례식이 있었기 때문에 아무런 준비도 되어 있지 않은 상황이었다. 오전 중에 모든 일들을 끝내야 했다.

쥘리엥은 민첩하게 사다리를 건너다니며 창문마다 훌륭하게 장식을 해냈다. 그리고 행렬을 위해 바닥에 양탄자도 깔았다. 샤 신부는 쥘리엥이 나는 듯 뛰어다니며 열심히 일하는 모습에 감탄했다. 뿐만 아니라 몇 시간 뒤 일해 놓은 것을 보고 감격한 나머지 두 팔로 껴안기까지 했다. 샤 신부의 눈에 교회가 이처럼 아름다웠던 적은 일찍이 없었다.

교회의 종소리가 울렸다. 일을 모두 마친 쥘리엥은 미사 전에 잠시 쉴 요량으로 의자에 기대어 앉았다. 그는 서늘한 교회 안의 적막과 고즈넉함을 즐기며 몽상에 빠져들었다. 어느새 마음에 평온이 깃들기 시작했다.

그러나 얼마 지나지 않아 잘 차려입은 두 여인이 교회 안으로 들어오는 바람에 달콤한 휴식 시간은 끝이 나고 말았다. 여인들은 그가 앉아 있는 자리에서 멀지 않은 곳에 무릎을 꿇고 앉았다. 기도를 드릴 모양이었다. 그녀들은 이상하게 쥘리엥의 관심을 끌었다. 그는 두 여인이 누구인가 보려고 가까이 다가갔다.

적막한 교회 안에 발걸음 소리가 들리자 두 여인이 동시에 고개를 돌렸다. 갑자기 그 가운데 한 여인이 비명을 지르며 쓰러졌다. 넘어지는 여인을 옆에 있던 동행이 얼른 부축했다. 쥘리엥이 재빨리 달려들어 돕지 않았더라면 두 여인 모두 바닥으로 쓰러지고 말았을 것이다.

손을 내밀어 그들을 붙든 쥘리엥은 비명을 질렀던 사람이 누구인지 금세 알아볼 수 있었다. 바로 드 레날 부인이었다! 같이 온 여자는 부인의 사촌 데르빌르 부인이었다. 그녀가 쥘리엥을 알아보았다.

"저리 가세요, 비켜요."

데르빌르 부인은 잔뜩 성이 난 날카로운 어조로 말했다.

"특히 이 사람의 눈에 띄지 않게 하세요. 당신을 만나기 전에 이 사람은 정말 행복했다구요. 조금이라도 염치가 남아 있다면 얼른 가세요!"

데르빌르 부인의 단호한 말투에 할 말을 잃은 쥘리엥은 힘없이 돌아서서 그들의 곁을 떠났다. 잠시 후 교회 입구로 들어서는 샤 신부와 마주쳤다. 그때 얼굴의 핏기가 모두 사라진 쥘리엥은 걸음도 제대로 걷지 못할 정도로 떨고 있었다. 교회 장식 일로 과로한 탓에 병이 났다고 생각한 샤 신부는 그를 신학교로 데려가 쉬도록 했다.

드 레날 부인을 만난 뒤 쥘리엥은 마음을 진정시킬 수 없었다. 피라르 신부가 그를 불러 놀라운 소식을 전할 때까지, 그는 전날의 충격에서 완전히 벗어나지 못하고 있었다.

"샤 베르나르 신부께서 자네를 칭찬하는 편지를 보내셨네. 나 역시 자네에게 아주 만족하고 있어. 종종 경솔할 때가 있지만 성격도 좋고 재능도 뛰어나지. 나는 곧 이 학교를 떠날 것 같지만 자네를 위해 뭔가 해 주고 싶어. 자네를 신·구약 성서의 복습 교사로 임명하겠네."

감격한 쥘리엥은 피라르 신부에게 다가가 손에 입을 맞추었다. 엄격한 신부는 그의 대범한 행동에 내심 놀랐다. 하지만 곧이어 자신의 속마음을 드러내었다.

"그래, 그동안 자네를 애정을 가지고 지켜보고 있었네. 나는 늘 공정해야 하고, 누구에게도 본심을 드러내서는 안 되는데 말이야. 자네는 일생 동안 시기와 모략으로 고통스러울지도 몰라. 어디에 있든지 동료들은 자네를 미워하겠지. 방법은 한 가지뿐이야. 신에게 의지하도록. 그것만이 자네를 구원할 테니까."

신부의 다정한 목소리에 쥘리엥은 왈칵 눈물이 솟았다. 피라르 신부는 아끼는 제자를 품에 안아 주었다.

진급은 쥘리엥에게 매우 반가운 소식이었다. 그것이 가져다 준 특혜는 엄청난 것이었다. 무엇보다도 혼자서 식사를 할 수 있게 되었다. 이제 동료들의 한심한 대화를 참고 앉아 있을 필요가 없었다.

아니, 진급은 쥘리엥의 삶을 훨씬 더 긍정적인 방향으로 변화시켜 놓았다. 다른 학생들이 그에 대한 태도를 바꾸기 시작한 것이었다. 쥘리엥을 더 이상 마르틴 루터라고 놀리지 않았을 뿐 아니라 존경심 같은 것을 내비치기도 했다.

그해의 첫 번째 중요한 시험이 다가왔다. 모두들 쥘리엥이 일등을 차지하는 게 당연하다고 생각하고 있었다. 이제 그 일로 그를 욕하는 사람은 아무도 없었다.

그러나 모두의 예상을 뒤엎는 일이 일어났다. 시험날 학생들은 제각기 시험관과 공개 대화를 통하여 답변을 하도록 되어 있었다. 시험관들과 마주 앉은 쥘리엥은 자신의 능력을 십분 발휘해 명석한 답변을 해냈다. 그런데 시험관들이 갑자기 이상한 질문을 하기 시작했다. 그들은 당시의 선임 성직자들 사이에서 격렬한 논쟁거리가 되고 있는 정치적 문제에 관해 쥘리엥의 견해를 물었다.

쥘리엥은 곧바로 함정에 빠져들었다. 자유롭게 말해 보라는 권유에 아무런 의심 없이 얘기를 했던 것이 화근이었다. 미소를 띤 채 잠자코 그의 답변을 듣고 있던 시험관들의 표정이 점차 굳어졌다. 쥘리엥은 거친 비판을 받았다. 마침내 시험 결과가 발표되었다. 그의 등수는 198등이었다.

이 일을 독자에게 어떻게 제대로 설명할 수 있을까? 이 의외의 사건을 이해하려면 프랑스 교회의 선임 성직자들이 영혼의 문제보다는 정치와 돈과 권력에 얼마나 많은 관심을 가지고 있었는지를 알 필요가 있다. 거대한 정치적 세력들과 마찬가지로 교회 안에도 경쟁 집단들이 있었으며, 이들은 서로 자신들의 이익을 위해 다투고 있었다.

쥘리엥을 담당했던 시험관들의 우두머리는 드 프릴레르 부주교였다. 그는 브장송의 수도회를 교묘하게 조직해 마음대로 움직이는 권력자였다. 그는 피라르 신부와 앙숙 관계였기 때문에 그의 수제자인 쥘리엥 소렐이 늘 일등을 차지하는 게 영 마뜩하지 않던 참이었다. 그래서 일찌감치 쥘리엥을 낙제시킬 작정을 하고 있었던 것이다.

실은 그보다 큰 이유가 있었다. 드 프릴레르 신부는 브장송 근처에 있는 넓은 땅의 소유권을 두고 몇 년째 치열한 법정 공방을 벌이고 있는 중이었다. 이 소송은 드 라 몰 후작과 벌어진 일이었다. 후작의 가문은 프랑스의 대귀족 가문 가운데 하나였다. 파리에 살고 있는 드 라 몰 후작은 소송 관련 사무를 관장하는 일을 브장송에 거주하는 사람에게 맡길 수밖에 없었다. 후작의 대리인이 바로 피라르 신부였던 것이다.

요컨대 드 프릴레르 부주교에게는 피라르 신부가 눈엣가시였다. 부주교는 여러 해 동안 경쟁자의 명망을 무너뜨리기 위해 안간힘을 쓰고 있었다. 그를 신학교 교장직에서 내쫓고 싶어 안달이 난 상태였다. 쥘리엥의 성적을 조작한 것도 피라르 신부를 괴롭히려는 음모였다.

성실하고 강직한 성격을 가진 피라르 신부는 어떤 상황에서도 자신의 의무에 충실하려 노력하는 사람이었다. 드 프릴레르 부주교가 아무리 자신을 괴롭혀도 성직자의 사명감으로 분노를 삭이곤 했다. 그러나 쥘리엥의 시험 결과는 피라르 신부의 마지막 저항 의지마저 꺾어 버리고 말았다. 결국 신부는 파리의 후작에게 그동안 일어난 일을 낱낱이 설명하는 편지를 보내고 교장직에서 물러났다.

드 라 몰 후작은 그 소식에 크게 놀라지 않았다. 단지 친애하는 피라르 신부에게 파리에서 새로운 생활을 시작하라고 권했을 뿐이었다. 그리고 피라르 신부의 수제자에게 '폴 소렐'이라는 수수께끼 같은 이름으로 서명한 편지와 함께 오백 프랑을 보냈다. 시험 결과에 너무 낙심하지 말라는 위로의 표시였다.

선물을 받은 쥘리엥은 그것을 드 레날 부인의 호의로 오해하고 크게 감동했다.

'드 레날 부인이 틀림없어. 나를 위로하려는 거야. 그런데 왜 다정한 말 한마디가 없을까?'

신학교를 떠나기로 마음먹은 피라르 신부는 드 라몰 후작이 제의한 대로 파리로 갈 채비를 시작했다. 막상 신학교를 떠날 생각을 하니 지나간 기억들이 물밀듯 밀려왔다. 또한 깊은 애정을 느끼고 있는 쥘리엥에게도 일말의 책임감을 느꼈다. 자신이 떠나고 난 뒤 쥘리엥이 혼자 남아 겪게 될 고초를 생각하면 마음이 아팠다.

그는 쥘리엥을 불러 자신의 계획을 알렸다. 쥘리엥 역시 자신을 아껴 주었던 교장과 헤어진다는 사실이 안타까웠다. 서재에서 만난 두 사람은 부자지간처럼 다정하게 교회의 삶과 성직자의 길에 대해 오래 이야기를 나누었다. 피라르 신부는 파리 근교의 한 교구에 주임 신부로 임명되었다고 했다. 그리고 자신에게 일자리를 준 후원자 드 라 몰 후작에 대해 자세히 얘기해 주었다.

쥘리엥은 이 기회를 놓칠 수 없었다. 그래서 자신도 피라르 신부를 따라 파리로 가서 일을 하고 싶다고 말했다. 그것은 결코 쉬운 일이 아니었다. 피라르 신부가 쥘리엥의 일자리를 구해 파리로 부른다 해도 신학교의 반대에 부딪힐 게 뻔했다. 그의 공개적인 파리행을 허락할 리 없었다.

하지만 쥘리엥은 그런 어려움에도 불구하고 반드시 그의 뒤를 따르겠다는 다짐을 내비쳤다. 오래 고심하던 피라르 신부는 먼저 파리에 가서 도울 수 있는 형편이 되면 비밀 편지를 보내겠다고 약속했다.

피라르 신부의 편지는 이 주일도 채 지나지 않아 도착했다. 파리 근처의 소인이 찍혀 있었는데, 서명이 없는 간단한 편지였다. 그러나 편지를 펼쳐 본 쥘리엥은 단번에 누가 보낸 것인지 알 수 있었다. 편지의 열세 번째 단어에 큼지막한 잉크 자국이 번져 있었던 것이다. 이것은 쥘리엥과 피라르 신부가 미리 약속한 표시였다. 편지에는 지체 없이 파리로 오라는 사연이 적혀 있었다. 이제 쥘리엥은 그를 찾아 파리로 가기만 하면 되었다. 머뭇

거릴 필요가 없었다.

　다음 날 아침, 쥘리엥은 아무도 모르게 신학교를 빠져 나왔다. 하지만 곧바로 파리를 향해 출발할 수는 없었다. 드 레날 부인과 만난 지 벌써 일 년하고도 두 달이라는 시간이 지나 있었다. 그녀를 다시 만나 보지 않고서 어떻게 그가 파리에서 새 인생을 시작할 수 있겠는가?

제 7 장

달콤쌉싸름한 이틀 밤

쥘리엥은 먼저 오랜 친구 푸케의 집으로 찾아가 하룻밤을 묵었다. 푸케는 파리로 가려는 쥘리엥의 계획에 찬성하지 않았다. 그는 고향에 남아 함께 목재 사업을 하자고 또다시 졸라 댔다.

"물론 운이 좋으면 파리에서 공무원 노릇을 하게 될 수도 있겠지. 하지만 그런 자리는 일이 잘못되면 결국 여기저기서 욕이나 먹게 된단 말이야. 그냥 여기서 나와 함께 목재 사업이나 하는 게 좋지 않겠어?"

쥘리엥은 친구의 진심 어린 충고를 받아들이지 않았다. 오히려 그 소박한 기대에 헛웃음이 나왔다. 시골구석에서의 야심이란 고작 그 정도인 것이었다. 쥘리엥의 머릿속은 벌써부터 파리에 대한 상상으로 꽉 차 있었다. 그는 마침내 꿈꿔 오던 새로운 세상을 만나게 될 참이었다. 매일 거창한 사건들이 벌어지고, 위대한 야심가들이 살고 있는 세상 말이다.

이튿날 동이 트자마자 베리에르로 간 쥘리엥은 가장 먼저 자신의 스승이었던 셸랑 신부를 찾아갔다. 하지만 어쩐 일인지 신부는 냉담한 태도로 쥘리엥을 맞았다.

"내게 무슨 의무가 있어 찾아왔는가? 이왕 왔으니 함께 점심이나 하지. 그리고 아무도 만나지 말고 곧장 이곳을 떠나게."

"말씀대로 하겠습니다."

두 사람은 식사를 하는 동안 책과 성경 공부에 대해서만 이야기를 나눴다. 그리고 쥘리엥은 셸랑 신부가 빌려 놓은 말을 타고 그곳을 떠났다.

하지만 베리에르에서 몇 킬로미터 떨어진 숲에 다다르자 쥘리엥은 말을 돌려보냈다. 그는 어두워지길 기다렸다가 근처의 농가에서 사다리를 샀다. 그리고 주인을 설득해 함께 사다리를 베리에르로 옮겼다.

그들은 드 레날 씨 정원의 그 유명한 축대 아래에 도착했다. 농부는 허겁지겁 어둠 속으로 돌아섰다. 그의 모습이 사라지자 쥘리엥은 사다리를 타고 축대 꼭대기까지 올라갔다. 문제는 드 레날 씨 집을 지키고 있는 커다란 개 세 마리였다.

쥘리엥을 발견한 개들이 마구 짖어 대며 그를 향해 달려왔다.

하지만 그가 나지막이 휘파람을 불자, 개들은 그에게 꼬리를 흔들며 반갑게 기어올랐다. 출발은 좋았다. 하지만 이 집의 주인 마나님은 과연 나를 어떻게 맞이할 것인가? 문득 두려움이 앞섰다. 지난날을 후회하고 있다는 드 레날 부인이 자신을 반갑게 맞아 줄지 알 수 없었다. 그때 파리에서 보내 온 편지와 오백 프랑이 떠올랐다. 그것은 아직도 부인이 자신을 생각하고 있다는 증거였다. 새삼 용기가 솟았다.

그는 사다리를 들고 힘겹게 어둠에 싸인 정원을 가로질렀다. 마침내 그는 부인의 침실 창문 밑에 서서 위를 물끄러미 올려다보았다. 부인을 만나 보지 못하면 죽어 버리겠다는 각오를 다졌다.

땅바닥에서 조그만 돌을 몇 개 주워 부인의 침실 창문을 향해 던졌다. 아무런 기척이 없었다. 그는 사다리를 타고 올라가 조심스럽게 부인 방의 덧창을 두드렸다. 퍼뜩, 이처럼 깜깜한 밤이라 할지라도 사다리에 매달려 있는 사람을 향해 총을 겨냥하는 일이 어렵지 않으리라는 생각이 들었다. 두려웠다.

그러나 이제 뒷일이 어찌 되든 밀고 들어가 보는 수밖에 없었다. 덧창을 여는 방법을 기억하고 있던 그는 걸쇠를 슬며시 잡아당겨 보았다. 천만다행으로 덧창이 열렸다. 그는 창 안으로 머리를 집어넣고 나지막한 목소리로 거듭 말했다.

“저, 접니다.”

안에서는 아무 소리도 나지 않았다. 등불을 켜는 기미도 보이지 않았다. 이번에는 유리창을 세게 두드렸다. 역시나 대답이 없었다.

‘유리가 깨지는 한이 있더라도 끝장을 내고 말겠어.’

쥘리엥은 유리창을 두드리는 손에 잔뜩 힘을 넣으며 생각했다. 그제서야 방 안에서 희끄무레한 그림자가 자신을 향해 아주 느릿느릿하게 다가오는 것이 보였다.

창문이 열리자 쥘리엥은 방 안으로 뛰어내렸다. 그리고 소스라치며 뒤로 물러서는 유령의 두 팔을 붙들었다. 여자였다. 그녀에게서 희미한 외침이 터져 나왔다. 귀에 익은 목소리! 쥘리엥은 그 유령이 바로 드 레날 부인임을 단박에 알아차렸다. 그는 부인을 두 팔로 꽉 껴안았다. 그녀는 사시나무처럼 떨면서 그를 떠밀었다.

“나쁜 사람! 이게 무슨 짓이에요? 당장 이 방에서 나가 주세요, 당장!”

부인이 소리를 질렀다. 그녀의 목소리는 심한 분노로 격앙되어 있었다.

“일 년 이 개월이란 비참한 시간을 보냈습니다. 멀리 떠나기 전에 부인을 뵙고 싶었습니다.”

“제발 나가요. 그리고 당장 떠나 주세요. 나는 내 죄를 반성하고 있어요!”

"제가 떠나 있던 동안 부인이 겪은 일을 모두 알고 싶습니다. 저는 부인을 진심으로 사랑했습니다. 그러니, 그것까지 거절하진 않으시겠지요. 그동안 도대체 무슨 일이 있었던 건가요?"

확신에 찬 쥘리엥의 말에 드 레날 부인의 마음은 조금씩 풀어져 갔다. 그녀는 그를 놓는 대신 그가 창문 밖의 사다리를 방 안으로 들여놓는 것을 빳빳이 서서 지켜보고만 있었다.

다시 입을 열었을 때도 그녀의 목소리는 여전히 쌀쌀했다. 쥘리엥은 부인의 냉정한 태도에 대담하게 용기를 부려 보았던 것이 죄다 쓸모 없는 일이란 걸 깨달았다. 순간 절망적인 감정을 견딜 수 없었다. 그는 침대맡에 앉아 한참 동안 말없이 울었다. 그런 다음 드 레날 부인에게 지난 한 해 홀로 보내면서 무슨 일이 있었느냐고 되물었다. 부인은 천천히 그간의 얘기를 시작했다. 쥘리엥을 책망하듯 여전히 거리를 두는 딱딱한 말투였다. 결국 대화는 그렇게 시작되었다.

"당신이 떠난 뒤 저에 대한 나쁜 소문이 온 시내에 파다해졌어요. 당신이 너무 소심성 없이 행동했기 때문이죠. 그때 셀랑 신부님이 절 찾아와 주셨고요. 전 결국 모든 걸 고백했죠. 그분은 저와 함께 슬퍼해 주셨답니다. 당신은 제가 보낸 몇 통의 편지에 단 한 번의 답장도 없었죠."

"전 신학교에서 당신의 편지를 받지 못했어요."

"세상에! 그게 사실이에요? 그렇다면 누가 그것을 가로챘을까요?”

“저는 브장송의 교회에서 당신을 만나기 전까지 당신의 생사조차 확인할 수 없어 괴로웠습니다. 하지만 오랫동안 소식이 없던 끝에 부인이 제게 오백 프랑을 보내 주었죠.”

“난 보낸 적이 없어요!”

이제 그들의 대화는 편지의 출처가 어디인가에 대한 문제로 바뀌었다. 얘기가 계속되는 동안 두 사람의 상황은 완전히 변하고 말았다. 드 레날 부인의 냉정한 어조도 차츰 평정을 잃어 갔다. 쥘리엥은 어둠 속에서 그런 그녀의 변화를 눈치 챘다.

이제 안심해도 될 때였다. 그는 베리에르를 떠난 이후에 겪은 불행한 일들을 털어놓으며 부인의 눈물을 유도했다. 그것은 신학교에서 난폭한 학생들의 장난을 방어할 때만큼이나 계산적인 행동이었다. 사실 그는 오늘의 일을 성공적으로 끝내기 위한 최선의 방법을 머릿속으로 바쁘게 따져 보고 있었다. 부인의 흐느낌이 거세어지자, 그는 이제 마지막 카드를 꺼낼 순간임을 깨달았다.

“주교에게 작별 인사를 했습니다. 저는 이제 이곳을 떠납니다. 이 세상에서 가장 사랑했던 사람에게마저도 잊혀지고 만 곳이니까요. 파리로 갈 작정입니다. 그리고…… 다시는 돌아오지 않겠습니다.”

“파리에 간다구요!”

드 레날 부인은 절망감으로 자기도 모르게 큰 소리를 질렀다. 그녀는 흔들리는 마음을 숨기지 못했다.

쥘리엥은 결연한 태도로 작별을 고했다. 그리고 일어나 창문을 향해 걸음을 옮겼다. 드 레날 부인은 이제 더 이상 자신의 감정을 억제할 수 없었다. 그녀는 달려가 쥘리엥의 품에 몸을 던졌다.

그들이 꿈결처럼 달콤한 재회의 시간을 보내는 동안 새벽은 시나브로 다가오고 있었다. 창문 밖으로 베리에르 동쪽 산의 나무들이 제 모습을 드러내기 시작했다. 집 안도 점점 소란스러워지고 있었다. 쥘리엥이 침실의 램프를 켜려고 하자 부인이 손을 뻗어 막았다. 혹시라도 불빛이 새어 나가 남편에게 들킬까 두려웠기 때문이었다.

"부인의 아름다운 눈과 붉은 입술을 기억하고 싶습니다. 할 수만 있다면 가늘고 긴 손가락 하나하나까지도 내 눈 속에 담아 가고 싶어요. 이제 떠나면 아주 오랫동안 부인을 만나지 못할 테니까요."

사랑하는 사람과 오랜 이별을 해야 한다는 생각만 하면 드 레날 부인은 슬퍼서 견딜 수 없었다. 쥘리엥의 모든 부탁을 들어주고 싶었다.

"그래요, 못 켤 것 없죠! 하지만 남편은 예전 같지 않아요. 남편이 우리의 기적을 듣기라도 한다면…… 나는 끝장이에요. 날

죄인 취급해서 이 집에서 내쫓아 버릴 테니까요.”

“마치 셸랑 신부님처럼 말하는군요! 제가 신학교에 가기 전이었다면 부인은 그런 식으로 말하지 않았을 겁니다. 그때 부인은 저를 진심으로 사랑했어요.”

쥘리엥의 이 말은 즉시 효력을 발휘했다. 부인은 남편이 나타나면 겪게 될 위험 따위는 순간 까맣게 잊어버렸다. 자신의 사랑을 의심받는 일이 더욱 위험한 일처럼 여겨졌던 것이다.

그들은 하룻밤을 더 같이 보내기로 했다. 그날 오후 내내 쥘리엥은 그녀의 방에 숨어 있어야 했다. 그것은 긴 하루가 지나는 동안 언제 어느 때 누구에게 발각될지 모를 엄청난 위험을 무릅쓴 일이었다.

그런데 아침 식사 전부터 두 사람을 질겁하게 한 일이 벌어졌다. 침실 밖 홀에 내다 놓았던 사다리를 미처 숨기기도 전에 하인이 치워 버린 것이었다. 두 시간 뒤에는 또 다른 하인 하나가 오렌지와 비스킷 꾸러미를 옆구리에 끼고 부엌에서 나오는 드 레날 부인과 맞닥뜨리고 놀란 표정을 지었다. 최악의 일은 드 레날 씨가 외출하지 않았다는 것이다. 그는 하루 종일 집에 머물러 있었다. 부인은 제 방에 갇혀 있는 연인을 볼 기회를 좀처럼 만들 수 없었다.

마침내 저녁이 되어 드 레날 씨가 친구들과 카드놀이를 하러 나갔다. 그러자 부인은 두통을 핑계로 침실에서 혼자 저녁을 먹겠다고 말했다. 그녀는 주머니에 빵을 잔뜩 집어넣고 자기 방으로 뛰어 들어갔다.

그녀를 다시 만난 쥘리엥은 이 순간보다 그녀를 더 사랑한 적이 있었던가 싶을 만큼 반가운 마음이 일었다. 파리에 가더라도 이보다 더 다정하고 아름다운 마음씨를 가진 사람은 만날 수 없을 것 같았다. 부인 또한 예전 같으면 벗어나지 못했을 불안감에서 자유로웠다. 그가 떠난 자리에는 공포와 후회밖에 남을 게 없었다. 그가 없는 삶은 어차피 불행할 터였다. 지금 그를 만나고 있다는 사실만이 중요했다.

두 연인은 소파에 나란히 앉아 그날 일어난 일에 대해 소곤거리고 있었다. 그때였다. 누군가 방문을 요란하게 두드렸다. 드 레날 씨였다.

"도대체 왜 문을 걸어 잠그고 있는 거요?"

쥘리엥은 부인이 남편에게 문을 열어 주기 직전에야 간신히 소파 뒤에 몸을 숨길 수 있었다. 드 레날 씨는 소파 옆 마룻바닥에 쥘리엥의 모자가 떨어져 있는 것을 눈치 채지 못했다. 그는 그날 저녁 카드놀이에서 이긴 이야기를 장황하게 늘어놓기에 바빴다.

마침내 남편이 방에서 나갔다. 하지만 둘만의 시간은 오래 가지 않았다. 쥘리엥과 부인이 마음을 놓으려는 순간, 남편이 또다시 요란하게 방문을 두드렸다. 드 레날 씨가 소리쳤다.

"당장 문 열어요, 어서. 집에 도둑이 들었어. 하인들 말이 아침에 보니 웬 사다리가 있더래."

"이제 모든 게 끝장이에요. 저이는 정말 도둑이 들었다고 생각하는 게 아니에요. 우리 둘 다 죽일 작정이에요! 좋아요. 차라리 난 당신 품에 안겨 행복하게 죽겠어요."

드 레날 부인이 절망에 휩싸여 부르짖었다. 하지만 그것은 결코 쥘리엥이 원하는 바가 아니었다. 그는 냉정한 말투로 부인을 진정시켰다. 그리고 명령하듯 말했다.

"아이들을 생각하셔야죠. 난 창문에서 뛰어내려 정원으로 도망가겠습니다. 절대 아무것도 털어놓지 마세요, 절대로!"

그렇게 말한 뒤 쥘리엥은 창턱에 올라 어둠 속으로 뛰어내렸다. 잠시 뒤 방에 들이닥친 드 레날 씨의 성난 목소리가 들려왔다. 쥘리엥은 제 물건들을 움켜쥐고 전날 밤 넘어왔던 담장을 향해 있는 힘을 다해 달려갔다. 총성과 함께 총알이 귓가를 스치고 지나갔다. 개들이 짖지도 않은 채 그의 곁에서 함께 달렸다. 두 번째 총성이 울리고 얼마 지나지 않아, 개 한 마리가 요란하게 비명을 지르기 시작했다. 쥘리엥은 정원 끄트머리에 도착하자 담장을 훌쩍 뛰어넘었다.

한 시간 뒤 그는 베리에르에서 몇 킬로미터 가량 떨어진 곳에 도착했다. 제네바로 향하는 길목이었다. 누군가가 자신의 뒤를 추적한다면 파리로 가는 길을 뒤질 가능성이 높다고 생각한 것이었다.

다른 길을 선택한 데에는 운도 따라 주었다. 그곳에서 얼마 떨어져 있지 않은 어느 여인숙에 도착했을 때, 파리로 가는 우편마차가 막 출발하려 하고 있었다. 쥘리엥은 비좁은 공간에 몸을 실었다. 수도를 향한 긴 여행의 출발이었다. 이제 막 파리에서의 새로운 삶이 시작되려 하고 있었다.

제 8 장
권태의 시대

파리에 도착한 쥘리엥은 이틀 동안 도시 구석구석을 돌아다 녔다. 피라르 신부를 만나기 전에 될 수 있는 한 많은 곳을 둘러볼 생각이었다.

그러나 파리는 드 프릴레르 부주교의 측근들이 한 자리씩을 차지하고 있는 곳이었다. 쥘리엥은 자신이 음모의 소용돌이 한가운데에 서 있는 듯한 느낌을 도무지 떨칠 수가 없었다. 경계의 고삐를 다시 한 번 단단히 그러쥐었다. 그 때문에 파리의 진정한 모습을 즐길 여유 같은 건 싹 사라지고 말았다. 다만 책으로만 접했던 나폴레옹 기념물들을 눈으로 직접 보면서 감동을 느꼈을 뿐이다.

그는 난생처음 보는 사람들과 나폴레옹에 관한 얘기를 허물없이 나눠 보기도 했다. 어떤 이는 쥘리엥을 오랜 친구처럼 살갑게 대해 주고는, 이튿날 직접 시내 곳곳을 안내해 주기까지 했다. 하지만 그 친절한 사내가 눈물까지 글썽이며 작별 인사를 하고 떠나간 뒤, 쥘리엥은 곧 자신의 왼쪽 손목에 차고 있던 시계 역시 작별을 고했다는 사실을 깨달았다.

사흘째 되는 날 저녁, 쥘리엥은 피라르 신부를 찾아갔다. 신부는 그가 드 라 몰 후작 저택에서 해야 할 일을 자세히 설명해 주었다. 쥘리엥은 후작의 비서로 일하게 되었는데, 후작에게 오는 모든 서신에 답장을 쓰는 일이 주된 임무였다. 후작이 편지를 보고 간단히 메모를 해 주면 그 메모에 따라 답장을 쓰기만 하면 되었다.

사실 드 라 몰 후작은 피라르 신부에게 이 일을 직접 부탁했다. 그는 연봉 팔천 프랑, 아니 그보다 더 많은 돈을 주고서라도 피라르 신부를 곁에 두고 싶었다. 그러나 성직자로서의 소임을 외면할 수 없었던 신부는 완곡하게 거절을 하면서 쥘리엥을 대신 추천했다.

피라르 신부는 쥘리엥에게 당부의 말을 전했다.

"자네는 쓸모 있는 사람이 되어야 하네. 내가 자네라면 되도록 말수를 줄이겠어. 내가 모르는 일은 절대 입 밖에 내지 않을 거야. 후작에게 신뢰를 얻게. 그러면 후한 보수뿐 아니라 상당한

영향력도 갖게 될 걸세. 그러나 반대의 경우, 자네는 다시 브장
송의 신학교로 돌아가야겠지."

피라르 신부는 후작의 가족들에 대해서도 얘기해 주었다.

"후작에게는 아내와 두 남매가 있다네. 열아홉 살 난 아들을
특히 조심하게. 노르베르 백작이라 불리는 그 친군 예의가 바르
긴 하지만 자기보다 신분이 낮은 사람한테 빈정거리길 잘하거
든. 그에게 빈틈을 보여선 안 돼."

쥘리엥은 피라르 신부의 말에 자못 비장한 표정을 지으며 고
개를 끄덕였다. 순간 신부의 눈에 날카로운 기운이 서렸다.

"좀더 솔직히 얘기하지. 그 청년은 분명히 자네를 아랫사람 취
급할 걸세. 하지만 그는 귀족이야. 1575년 역모에 가담한 죄로
단두대에서 명예롭게 죽은 선조의 자손이지. 자네는 한낱 목수
의 아들이지 않은가. 그에게 무시당하지 않도록 조심해서 처신
하게나."

쥘리엥은 피라르 신부의 목소리에 깃든 신랄한 어조에 사뭇
놀랐다. 또 한편으로는 언짢기도 했다. 사실 신부의 의도는 쥘리
엥에게 파리 사회의 냉혹한 현실을 미리 일러두려는 데 있었다.
그러나 쥘리엥은 '목수의 아들'이라는 신부의 표현이 내심 마음
에 걸렸다. 피라르 신부는 같은 어조로 이렇게 덧붙였다.

"후작 부인은 키가 크고 우아한 여자일세. 남에게 더없이 깍듯
하지만 존경할 만한 구석은 눈곱만큼도 없는 전형적인 귀족 부

인이지. 그 부인이 사람을 평가하는 기준이 뭔지 아나? 십자군
시절까지 거슬러 올라가는 조상이 있느냐 없느냐, 바로 그거라
네. 돈은 그 다음이지. 놀랍지 않나? 여기는 베리에르 같은 시골
구석이 아니야, 이 친구야. 하지만 우리는 성직자가 아닌가. 부
인은 우리를 자기 영혼을 구원하기 위해 필요한 하인쯤으로 여
길 걸세."

"저는 아무래도 파리에 오래 머물게 될 것 같지 않습니다."

"그럴 수도 있겠지. 하지만 경솔하게 행동하진 말게. 언젠간
후작의 배려를 고마워하게 될 날이 올 테니까. 혹시 후작 부인
이나 아들의 무시를 도저히 견딜 수 없거든, 파리에서 가능한
한 멀리 떨어진 신학교로 가게. 거기서 학업을 마치도록 해. 훗
날 내 보좌 신부 자리를 제공할 테니 말이야."

피라르 신부는 훈계를 마치고 자리에서 일어나더니, 쥘리엥
에게 밖으로 나가자는 시늉을 했다. 이미 마차가 기다리고 있었
다. 그들은 곧 으리으리한 건물의 거대한 문 앞에 도착했다. 드
라 몰 후작의 저택이었디. 쥘리엥은 마당 한가운데에 서서 입을
쩍 벌린 채 저택을 올려다보았다.

하인의 부축을 받으며 안으로 들어가던 피라르 신부가 귀엣
말을 했다.

"다시 한 번 말하지만 멍청한 사람으로 보이지 않도록 하게.
특히 하인들을 조심해. 모두들 자네에게 장난칠 궁리만 하고 있

을 테니까."

후작과의 첫 대면은 삼 분도 채 걸리지 않았다. 후작은 날카로운 눈매를 가지고 있었는데, 키가 작고 깡마른 체격이었다. 공손한 그의 태도에서 위압감이라곤 찾아볼 수 없었다. 그는 상대를 기분 좋게 하는 방법을 아는 사람이었다. 짤막하게 몇 마디 건네고는 곧 두 사람을 내보냈다. 잔뜩 겁을 먹었던 쥘리엥은 그제야 조금 마음을 놓을 수 있었다. 하지만 이 짧은 대면은 단지 시작일 뿐이었다.

쥘리엥은 새 양복 두 벌을 건네받았다. 두 벌 모두 검정색이었는데 신학교에서 입었던 그 어떤 옷보다 멋졌다. 그리고 혼자 쓸 수 있는 방과 시중을 들어 줄 하인이 생겼다. 으리으리한 서재의 한쪽 구석에는 책상이 놓여 있었고, 그 옆에 자리한 책장에는 구하기 어려운 판본의 책들이 잔뜩 꽂혀 있었다. 이 책들을 모두 읽을 수 있다니! 쥘리엥은 그것들을 황홀한 눈길로 오래도록 바라보았다.

쥘리엥은 그날부터 바로 비서 업무를 보기 시작했다. 그는 책상에 앉아 후작에게 온 서신들에 답장을 썼다. 어렵지 않은 일이었다. 그런데 너무 방심했던 탓일까?

쥘리엥은 첫 임무에서 철자를 틀리는 실수를 하고 말았다. 후작은 적이 실망스러워하는 눈치였다. 피라르 신부의 말처럼 학식이 뛰어난 청년은 아닌 것 같다고 생각하는 듯했다. 게다가 그날 저녁 식사 시간에는 예절에 맞지 않는 차림새로 등장해 또다시 후작의 비위를 건드렸다.

쥘리엥이 자리에 앉자 후작이 그를 비서라고 소개했다. 몇몇 사람들이 말을 걸어 왔다. 그것은 쥘리엥의 교육 수준을 가늠하려는 일종의 시험이었다. 쥘리엥은 모든 질문에 간결한 말투로 침착하게 대답했다. 객관적인 지식과 주관적인 생각을 적절히 조화시켜 얘기하는 내내 그의 눈이 맑게 빛났다.

이런 모습은 그를 아주 매력적으로 보이게 했다. 또한 그는 라틴 어 실력이 수준급임을 유감없이 증명해 보였다. 다양한 화제를 두고 벌인 토론에서도 단연 우세했다. 모두가 그에게 감탄하며 찬사를 보냈다. 이 일을 계기로 후작은 쥘리엥을 다시 보게 되었다.

그렇게 일주일이 지나갔다. 어느 날 후작의 아들 노르베르 백작이 쥘리엥을 승마에 초대했다. 쥘리엥은 의장대를 했던 지난날의 기억을 떠올렸다. 멋지게 말을 탈 수 있을 것 같았다. 그러나 너무 자신만만했던 탓일까? 쥘리엥은 채 몇 발짝 옮기지도 않았을 때 말에서 떨어져 흙투성이가 되고 말았다.

그날 저녁, 식사를 하다가 후작이 물었다.

"그래, 말은 탈 만하던가?"

쥘리엥은 낮에 있었던 일을 아무 거리낌없이 털어놓았다. 쥘리엥의 솔직한 태도에 그 자리에 있던 사람들이 모두 깜짝 놀랐다. 자신의 부끄러운 실수를 사람들 앞에서 서슴없이 말하는 경우는 그들 사회에서 찾아보기 드물었기 때문이다. 쥘리엥의 실수담은 좌중의 분위기를 한층 유쾌하고 부드럽게 만들었다. 특히 후작의 딸 마틸드 드 라 몰 양을 즐겁게 했다. 한바탕 웃고 난 그녀는 오빠인 노르베르 백작에게 그때의 상황을 자세히 얘기해 달라고 부탁했다.

마틸드는 대단한 미인이었다. 눈부신 금발에 보석처럼 반짝이는 눈이 아주 매력적이었다. 쥘리엥은 그녀의 뛰어난 미모에도 불구하고 쌀쌀맞고 냉정한 사람일 거라는 인상을 지울 수가 없었다. 그는 마틸드의 눈이 유난히 반짝이는 이유가 남들보다 영민하기 때문이라는 사실을 알아차리지 못했다. 그래서 그녀에게 아무런 관심도 가지지 않았다.

쥘리엥은 노르베르 백작 대신 말에서 떨어진 얘기를 마틸드에게 직접 들려주었다. 그것은 쥘리엥의 위치에선 상상조차 할 수 없는 대담한 행동이었다. 그 덕분에 쥘리엥과 드 라 몰 남매는 스스럼없이 대화를 나눌 수 있게 되었다.

마틸드는 쥘리엥에게서 강한 인상을 받았다. 그러나 하인들은 달랐다. 그들에게 쥘리엥의 실수는 단지 웃음거리일 뿐이었다. 그들이 보기에 새로 온 비서의 어색한 행동은 우스꽝스럽기 짝이 없었던 것이다. 사실 쥘리엥은 하인들뿐만 아니라 그를 주목하고 있던 모든 사람들에게 이상한 인물로 비치고 있었다.

이상한 건 쥘리엥도 마찬가지였다. 그에게 드 라 몰 저택은 지금껏 경험하지 못한 새로운 세상이었다. 특히 저녁 식사 시간은 무척 견디기 힘들었다. 그는 여태껏 이토록 사치스럽게 식사하는 사람들을 본 적이 없었다. 게다가 상류 사회의 식탁 예절은 생각했던 것보다 훨씬 더 까다로웠다.

어느 날 후작 부인은 남편에게 손님들을 초대한 저녁 식사 자리에는 쥘리엥을 부르지 말자고 제안했다. 하지만 똑똑하고 박식한 쥘리엥의 모습에 매력을 느낀 후작은 아내의 말을 듣지 않았다. 덕분에 쥘리엥은 후작의 집에 드나드는 많은 손님들을 만날 수 있었다.

저녁 식사 뒤에는 자연스럽게 사람들을 따라 응접실로 갔다. 열 명의 하인이 대기실에서 기다리고 있다가 정확히 십오 분마다 아이스크림과 차를 내놓았다. 자정 무렵이 되면 밤참과 값비싼 포도주가 나왔다. 쥘리엥은 이 먹거리들 때문에 가까스로 응접실에서의 시간을 견딜 수 있었다. 그들이 주고받는 대화는 더할 나위 없이 지루했다.

귀족들의 생활 방식에 익숙하지 않은 독자들은 이 말이 믿기지 않을 수도 있을 것이다. 하지만 그것은 엄연한 사실이었다. 그 당시에는 권태로운 분위기가 사회 전반에 짙게 깔려 있었다. 귀족 계층의 응접실에선 규칙이 엄격했다. 어떤 경우에도 정치적인 주제나 심각한 화제를 입 밖에 내서는 안 되었다. 그 규칙을 조금이라도 어기는 것은 매우 무례한 일로 여겨졌다. 이것은 드 라 몰 후작의 저택에서도 예외가 아니었다. 모두가 흠잡을 데 없는 말씨와 예절로 상대를 배려하고 있었지만 그들의 얼굴 에는 하나같이 따분함이 배어 있었다.

사실 드 라 몰 저택의 방문객 가운데 후작 부부의 진정한 친구 라고 할 만한 사람은 아무도 없었다. 후작 부부의 평판은 그다 지 좋지 않았다. 그들은 습관처럼 주변 사람들에게 감정적인 상 처를 입히곤 했던 것이다. 그것은 친구를 얻기에 결코 좋은 방 법이 아니었다.

두 부부의 성품 밑바닥에 도사린 지나친 자부심과 권태가 문 제였다. 중년과 노년층이 대부분인 손님들은 그저 연줄 좋은 후 작 내외가 자기네 친구임을 과시하려고 그곳에 얼굴을 내밀 뿐 이었다. 그들 가운데 어느 누구도 쓸모 있는 말을 하지 않았다. 그들은 그저 아부를 잘하는 아첨꾼들에 불과했다.

후작에게 문안 인사를 하러 그 집을 찾는 소수의 청년들에게 도 기대할 게 없기는 마찬가지였다. 그들은 자기들만의 독창적 이고 자유로운 생각들을 감히 함부로 내비치지 못했다. 날씨에 대한 의례적인 인사말을 한두 마디 정도 건네는 게 다였다.

어느 날 아침, 쥘리엥은 서재에서 피라르 신부를 만났다. 신부 는 후작과 드 프릴레르 부주교 사이의 끝없는 법적 분쟁에 관한 문제를 검토하는 중이었다. 옆에서 그를 돕던 쥘리엥이 느닷없이 물었다.

"매일 저녁 시간을 집안 식구들과 보내는 게 제가 해야 할 일의 일부인가요, 아니면 집안 사람들의 친절한 배려인가요?"

"그거야 대단한 영광이지! 얼마나 많은 사람들이 만찬에 초대받기 위해 애쓰는지 모르는 모양이군. 하지만 끝내 한 번도 기회를 갖지 못하는 경우가 허다해."

"하지만 제 경우는 다릅니다. 그 만찬에 참석하는 게 제가 하는 임무 가운데서 가장 괴로우니까요. 오히려 신학교에 있을 때가 덜 따분했어요. 심지어 드 라 몰 양도 가끔씩 하품을 하더군요. 응접실에서 잠들어 버릴까 봐 겁이 날 정도입니다. 가끔씩이라도 밖에 나가 혼자 밥을 먹을 수 있도록 허락을 받아 주실 수 없을까요?"

피라르 신부가 쥘리엥을 설득하려 애쓰는 동안 등 뒤에서 부스럭거리는 소리가 났다. 두 사람은 동시에 뒤를 돌아보았다. 마틸드가 거기에 서 있었다. 책을 찾으러 왔다가 두 사람이 하는 말을 엿듣게 된 것이었다.

'이 남자는 적어도 늙은 신부처럼 남에게 무릎이나 꿇는 사람은 아니구나.'

마틸드는 속으로 이렇게 중얼거리며 쥘리엥에게 얼마간의 존경심을 가지게 되었다.

그날 저녁, 쥘리엥은 식탁 앞에 마주 앉은 마틸드를 쳐다볼 수가 없었다. 그녀가 가족들에게 응접실 모임이 형편없이 따분해졌다고 불평을 늘어놓았던 것이다. 그러더니 쥘리엥에게 친구들과 매일 저녁 응접실의 한쪽 구석에서 따로 모이는데, 함께 어울리지 않겠느냐고 물었다. 쥘리엥도 응접실 한 켠에 모여 있는 그녀와 청년들을 본 적이 있었다. 아름다운 마틸드는 언제나 무리의 한가운데에 있었다. 커다란 푸른색 소파에 공주처럼 앉아 있으면 백작이며 후작, 그리고 노르베르 백작의 군 장교 친구들이 그녀를 중심으로 모여 들었다.

쥘리엥은 그녀의 제안을 기쁘게 받아들였다. 그는 마틸드의 맞은편 의자에 앉았다. 이 평범해 보이는 자리는 사실 모두가 탐내고 있던 것이었다.

마틸드와 그녀의 친구들은 그 집에 온 손님들을 헐뜯는 일에 대부분의 시간을 보냈다. 그들은 손님들을 어떤 식으로든 우습게 여기고 있는 것이 분명했다. 무리에 끼어 그들끼리 낄낄대며 주고받는 농담들을 듣고 있노라면 마치 딴 세상에 와 있는 것 같았다. 물론 쥘리엥이 입을 여는 경우는 매우 드물었다. 쥘리엥은 자신과는 처지가 다른 사람들과 응접실에서 보내는 시간이 여전히 괴롭기만 했다.

그로부터 얼마 뒤 마틸드는 어머니인 후작 부인과 여름을 나기 위해 프로방스로 떠났다. 그런데 이상한 일이 벌어졌다. 파리를 떠나온 지 채 며칠 되지 않았을 때부터 자꾸만 쥘리엥의 얼굴이 눈앞에 어른거리는 것이었다. 그때까지도 그녀는 쥘리엥이라는 특이한 청년이 자신의 마음속에 조금씩 자리를 잡아 가고 있다는 사실을 전혀 눈치채지 못했다.

몇 달 뒤 쥘리엥은 후작의 비서로서 완벽하게 일을 처리할 수 있게 되었다. 모두들 그를 정중히 대해 주었지만, 정작 쥘리엥 자신은 스스로가 초라하게만 느껴졌다. 마치 낙오자가 된 기분이었다. 그래서 하루 일과가 끝나면 헛헛한 기분에 사로잡히곤 했다.

파리에서 만나는 사람들은 누구나 타인이었다. 처음 파리에 왔을 때 느꼈던 세련된 매력에도 이젠 아무런 감흥이 없었다. 상류 사회의 권태로움 또한 견디기 어려웠다. 그는 '무엇이든 새롭다고 느낄 때만 아름답다.'는 속담을 떠올리며 자신을 위로 했다.

제 9 장

아름다운 그녀, 마틸드

고상하고 섬세한 취향을 가진 부자들은 사업을 하면서도 이익에 연연하기보다는 일 자체를 즐기는 법이다. 드 라 몰 후작도 그런 유형의 사람이었다. 하지만 급한 성격이 문제였다. 아무것도 아닌 일에 쉽게 수백만 프랑을 쓰면서도 몇 푼 안 되는 금액 때문에 어리석은 법정 다툼을 벌이기 일쑤였다. 따라서 그는 자신의 업무를 확실하게 관리하고 운영해 줄 책임자가 절실히 필요했다.

쥘리엥은 이런 역할을 나무랄 데 없이 수행했다. 그는 집안에서의 자기 위치를 잘 파악하고 있었다. 늘 열심히 일했고, 중요한 순간엔 명석함을 유감없이 보여 주었다. 얼마 지나지 않아,

후작은 쥘리엥의 성실함과 총명함을 높이 사 깊이 신뢰하게 되었다. 시간이 지나면서 그들 사이의 믿음은 한층 더 두터워졌다. 단순한 고용자와 피고용자의 관계를 뛰어넘는 두 사람 사이의 신뢰는 아주 우연한 기회에 확인되었다.

어느 날 쥘리엥은 시내로 외출을 나갔다. 거리를 걷고 있는데 느닷없이 거센 빗줄기가 퍼붓기 시작했다. 그는 비를 피하기 위해 어느 카페에 들어갔다. 그런데 누군가가 자신을 유심히 쳐다보고 있는 것이 느껴졌다. 아닌 게 아니라 한 사내가 그를 기분 나쁜 눈초리로 노려보고 있었다.

쥘리엥은 파리에 처음 도착했던 날 카페에서 일어났던 불쾌한 일을 떠올렸다. 사내의 눈빛은 카페 아가씨의 애인이 쳐다보던 그것과 똑같았다.

쥘리엥은 그날 모욕을 당하고도 그냥 돌아 나왔던 일이 두고두고 후회가 되던 참이었다. 그래서 도저히 참고 견딜 수가 없었다. 쥘리엥은 그렇게 쳐다보는 이유를 따져 물었다. 그러자 사내는 온갖 욕을 해대며 주먹을 치켜 들었다. 카페 안에 있던 사람들이 그들의 주위로 모여들었다.

결국 두 사람 사이에 싸움이 벌어지고 말았다. 쥘리엥은 그 사내에게 정식으로 결투를 신청하며 사는 곳을 물었다. 사내가 우물쭈물하자 구경꾼들이 하나둘 거들기 시작했다.

"왜 꿀먹은 벙어리가 되셨나? 저 청년이 결투를 신청하잖소.

그렇다면 주소를 알려 주는 게 남자의 예의지."

자존심이 상한 사내는 쥘리엥의 얼굴을 향해 명함을 내던졌다. 그러고는 욕설을 퍼부으며 밖으로 나가 버렸다. 명함에는 주소와 함께 드 보부아지라는 이름이 적혀 있었다.

다음 날 아침, 쥘리엥은 명함에 적힌 주소로 드 보부아지를 찾아가 문을 두드렸다. 그러자 하인으로 보이는 남자가 문을 열어 주었다. 쥘리엥은 전날 사내가 집어던졌던 명함 한 장과 자기 명함 한 장을 남자에게 건네주었다.

쥘리엥은 한 시간 가까이 기다린 뒤에야 드 보부아지를 만날 수 있었다. 그런데 쥘리엥에게 자신을 드 보부아지라고 소개한 귀족 청년은 전날 만난 그 사내가 아니었다.

"이건 분명 제 명함입니다. 실례지만 무슨 일이시죠?"

"저는 드 보부아지 씨와 결투를 하러 왔습니다."

도무지 영문을 알 수 없는 둘 사이에 어색한 침묵이 흘렀다.

사실은 이랬다. 쥘리엥과 실랑이를 벌인 사내는 드 보부아지가 아니라 그의 마차를 끄는 마부에 불과했다. 단지 홧김에 갖고 다니던 주인의 명함을 내던진 것이었다.

이 황당한 일을 계기로 두 사람은 가까워지게 되었다. 쥘리엥은 젊은 귀족의 부드러운 위엄과 예의 바른 태도가 마음에 들었으며, 드 보부아지는 쥘리엥의 남다른 맵시와 용기에 호감을 느꼈다. 두 사람은 오해를 풀면서 자연스레 친구가 되었다. 귀족 친구를 두게 된 쥘리엥은 얼마 안 있어 다른 귀족들과도 친분을 쌓을 수 있었다. 쥘리엥은 그들과 어울려 오페라 극장에 드나들었다.

얼마 뒤 귀족 친구들은 쥘리엥이 귀족이 아니라 드 라 몰 후작의 비서라는 사실을 알게 되었다. 그들은 몹시 난처해 했다. 특히 드 보부아지의 걱정은 이만저만이 아니었다. 하찮은 신분의 사람과 실랑이를 벌인 것을 사람들이 알면 웃음거리가 될 게 뻔했기 때문이다. 하지만 쥘리엥과의 만남은 지속하고 싶었다. 그래서 일부러 황당한 소문을 만들어 여기저기에 퍼트리고 다녔다. 소문의 내용인즉, 쥘리엥은 드 라 몰 후작의 친한 친구가 바람을 피워서 낳은 사생아라는 것이었다.

이 터무니없는 얘기는 후작의 귀에도 들어갔다. 그러나 그는 발끈하기는커녕 자신에게도 편리한 점이 있다는 것을 알고 오히려 이용하기로 작정했다. 후작은 그 소문을 사실로 만들어 주었다. 쥘리엥에게도 귀족들과 얼굴을 익히고 세련되게 행동하라고 일렀다.

이런 연유로 쥘리엥은 드 라 몰 집안에서 한층 격이 높은 자리를 부여받을 수 있었다. 후작은 쥘리엥에게 검은 양복과 잘 어울리는 푸른 외투를 선물했다. 그리고 쥘리엥이 그 외투를 입을 때마다 그 집안의 서자처럼 대우받을 것이라고 말했다.

쥘리엥에 대한 후작의 허물없고 친근한 태도는 실로 놀라운 것이었다. 거기에는 후작이 신경통으로 누워 지낼 때, 쥘리엥과 함께 보낸 시간의 덕이 컸다. 딸과 부인은 집을 떠나 프로방스에 있었고, 아들과는 원래부터 대화가 많지 않았다. 그러다 보니 자연히 쥘리엥만을 상대하게 된 것이었다.

이야기를 나눌 때마다 드러나는 쥘리엥의 빛나는 지성은 그를 깜짝깜짝 놀라게 했다. 뛰어난 재능을 가진 청년이라는 그의 믿음은 점점 확고해져 갔다. 쥘리엥을 귀족으로 만들어 주고 싶다는 생각이 들 정도였다.

그들의 솔직한 대화 시간은 흥미롭고 즐거웠다. 후작과 쥘리엥의 관계는 점점 더 돈독해졌다. 베리에르의 늙은 군의관이 죽은 뒤로 쥘리엥에게 후작처럼 다정하게 대해 준 사람은 없었다.

어느 날 후작은 쥘리엥에게 자기를 대신하여 런던에 가 달라고 부탁했다. 두 달간 그곳에 머물면서 여러 가지 사업 관계 일을 마무리하고 돌아오라는 것이었다. 이런 지시는 쥘리엥에 대한 깊은 신뢰의 표시이기도 했다.

쥘리엥이 난생처음 영국 땅을 밟으면서 느꼈던 묘한 감정에 대해서는 길게 얘기하지 않겠다. 나폴레옹을 향한 그의 열정적인 숭배를 독자들도 이미 알고 있을 테니까. 업무 관계로 육군이나 해군 장교들을 만날 때마다 쥘리엥은 그 자들이 전부 나폴레옹의 적으로만 느껴졌다. 심지어 나폴레옹을 영원히 가둬 버린 장본인처럼 여겨지기도 했다.

지체 높은 귀족들을 만날 기회도 많았는데, 코라소프 공이라 불리는 늙은 러시아 귀족은 쥘리엥을 유난히 챙겼다. 그는 쥘리엥을 런던의 명문가에 자주 데리고 다녔다. 쥘리엥은 가는 곳마다 환대를 받았다.

어느 날 코라소프 공이 쥘리엥에게 말했다.

"소렐 씨, 당신은 타고난 영국 귀족 같소. 냉정하게 거리를 둘 줄 아는 당신의 태도가 아주 마음에 듭니다. 우리는 그렇게 행동하려고 애를 써도 쉽지 않은데, 당신은 천성적으로 타고난 듯 보이는군요."

며칠 뒤, 쥘리엥은 임무를 무사히 마치고 파리로 돌아왔다. 드 라 몰 후작이 그를 불러 물었다.

"영국엘 다녀왔으니 내게 들려줄 얘깃거리가 있을 것 같은데. 그래, 자네가 보기에 영국은 어떤 나라 같던가?"

쥘리엥이 대답했다.

"간단하게 세 가지 정도로 요약할 수 있습니다. 첫째, 제아무리 현명한 영국인이라도 하루에 한 시간은 미치광이가 됩니다. 자살의 악마가 따라다니기 때문이죠. 이 악마는 영국인들을 지배하는 신입니다. 둘째, 누구든 영국에 발을 들여놓는 순간 지능과 재능의 가치를 25% 빼앗깁니다. 영국인과 대화를 나누고 있으면 꼭 바보가 된 기분이거든요. 셋째, 그곳의 경치처럼 아름답고 매혹적인 것은 없는 듯합니다. 사실 영국에서 볼 거라곤 경치밖에 없었습니다."

"그거 재미있군."

후작은 큰 소리로 껄껄 웃으며 말했다. 쥘리엥은 후작에게 영국에서 있었던 일들을 낱낱이 들려주었다. 이야기가 끝나자 후작은 자못 진지한 표정을 지으며 무언가를 건네주었다.

"앞으로 푸른 외투를 입을 때마다 이걸 달고 다니게."

별 모양의 금빛 훈장이었다. 그러지 않아도 지나치게 단순한 업무를 떠안고 영국으로 파견된 것이 이상하던 참이었다. 결국 영국 파견은 드 라 몰 후작이 그에게 훈장을 선사하기 위한 구실에 불과했던 셈이다.

"나는 푸른 옷을 입은 자네와 지내는 시간이 아주 즐겁다네. 자네 가슴에 훈장이 달려 있을 때는 내 친구의 아들로 여길 걸세. 허나 이것이 자네의 신분을 바꿔 줄 거라는 기대 따위는 버리게. 그건 자칫 불행한 결과를 가져올 수도 있어. 훗날 자네가 이곳을 떠날 때는 훌륭한 교구를 주선하겠네."

그 무렵 후작은 중요한 관직을 맡고 있었는데, 공적인 일로 찾아오는 사람은 누구나 자기 대신 쥘리엥을 만나 일을 보도록 조처하였다.

공적인 일로 후작을 찾아왔다가 쥘리엥을 만나게 된 첫 번째 방문객은 베리에르에서 온 한 신사였다. 그는 얼마 전에 남작으로 임명받은 발르노 씨였다. 정말 이상한 우연이었다.

발르노 씨는 후작에게 감사 인사를 하러 방문한 것이었다. 그는 쥘리엥에게 자신이 드 레날 씨 대신 곧 베리에르의 시장이 될 것이라고 말했다. 드 레날 씨가 정치적 혁명을 지지하는 위험한 패거리에게 연루되어 있다는 사실이 밝혀졌다는 소식도 전했다.

쥘리엥은 무엇보다 드 레날 부인의 소식이 궁금했다. 그러나 발르노 씨는 그들이 예전에 연적 사이였던 것을 기억하고 있었다. 쥘리엥이 아무리 부인에 관한 화제를 끌어내도 철저히 못 들은 척했다. 그러면서 후작에게 자신을 직접 소개해 주어야 한다며 고압적인 자세를 취했다. 쥘리엥은 그의 뻔뻔한 태도를 받아들이지 않기로 작정하고 대답했다.

"저는 드 라 몰 댁에서 아주 미천한 지위에 있기 때문에 당신을 후작에게 소개해 드릴 수 있는 입장이 못 됩니다."

그것으로 발르노 씨의 방문은 끝이 났다. 그는 쥘리엥을 차갑게 노려본 뒤 저택을 나섰다.

이 길지 않은 면담에서 드러난 쥘리엥의 자신감 있는 태도는 그가 파리에 온 뒤로 얼마만큼 변했는지를 뚜렷이 보여 준 것이었다. 그는 파리 생활의 묘미를 터득하고 있었고, 옷차림에서도 나름의 멋진 맵시를 갖게 되었다.

이러한 쥘리엥의 변화는 여름 동안 먼 곳에 가 있다가 방금 드 라 몰 저택으로 돌아온 후작의 딸 마틸드의 눈에 가장 먼저 띄었다. 이제 열아홉 살이 된 그녀가 보기에 쥘리엥의 매너나 옷차림 그 어디에서도 시골 청년의 촌스러움은 남아 있지 않았다.

마틸드가 돌아온 다음 날, 드 라 몰 가족은 드 레츠 후작의 집에서 열리는 무도회에 초대되었다. 그녀는 상류 사회의 의례적인 행사에 갑작스레 참석해야 한다는 것이 몹시 달갑지 않았다. 무도회에 나갈 생각만 하면 하품이 절로 나왔다.

'난 이제 겨우 열아홉 살이라구! 그런데 왜 허구한 날 뻔한 말만 늘어놓는 사람들과 어울려 따분한 저녁 시간을 견뎌야 하는 거지?'

무료함이 가득한 표정으로 주위를 둘러보던 그녀의 눈길이 쥘리엥에게 멎었다.

"그래, 적어도 이 남자는 그렇고 그런 사내들과는 다르지."

그녀는 나지막이 중얼거렸다. 그리고 쥘리엥을 향해 상류 사회의 여성답게 당당한 목소리로 물었다.

"소렐 씨, 오늘 저녁 드 레츠 후작의 무도회에 가시나요?"

쥘리엥은 초대받지 못했다고 말했지만, 그녀는 그 말에 크게 개의치 않았다.

"그분이 오빠더러 당신을 데려오라고 부탁하셨으니 그걸로 됐어요. 노르베르 백작과 무도회에 함께 오세요."

쥘리엥은 걸어 나가는 그녀의 뒷모습을 보며 생각했다.

'저 귀족 아가씨는 참 마음에 안 들어. 저 거만한 태도며 쌀쌀

맞은 말투도 못마땅해. 자기가 여왕이라도 되는 줄 아는 거야?'

쥘리엥은 내키지 않는 무도회에 참석하는 일까지 의무처럼 이행해야 한다는 게 불쾌했다. 그러나 달리 선택의 여지는 없었다. 그녀의 요구대로 무도회에 참석하는 수밖에.

드 레츠 저택에 도착한 쥘리엥은 그곳의 화려함과 우아함에 내심 감탄했다. 시골에서 나고 자란 그로서는 상상도 할 수 없는 장관이었다.

마틸드는 여느 모임에서와 마찬가지로 열렬한 숭배자들에게 둘러싸여 있었다. 쥘리엥은 사람들로 북적거리는 홀의 중앙에서 멀찌감치 떨어진 채 얼마 동안 그녀를 지켜보았다.

그때 쥘리엥을 밀치며 들어오던 콧수염을 기른 한 청년이 말했다.

"정말 무도회의 여왕이로군. 어느 누구도 그 사실을 인정하지 않을 수 없겠는걸."

그러자 옆 사람이 대답했다.

"이 일대에서 가장 아름다운 여인이지. 저 우아한 미소는 그 누구와도 비교할 수 없다니까."

"아주 매혹적이야."

쥘리엥은 주변에 삼삼오오 무리를 지어 서 있던 콧수염 기른 청년들로부터 그와 비슷한 말을 끊임없이 들었다. 많은 남자들이 마틸드를 흠모하고 있었다. 그제서야 관심 밖에 있던 마틸드가 그의 눈에 들어오기 시작했다. 쥘리엥은 그녀가 완벽해 보이는 이유를 알기 위해 호기심 어린 눈길로 관찰했다. 바로 그때 마틸드도 그를 쳐다보았다. 그녀는 자신만을 바라보고 있는 청년들 사이를 뚫고 쥘리엥에게로 곧장 걸어와 말을 걸었다.

"소렐 씨, 여기 오래 계셨으니 아시겠지만, 이 무도회가 이번 계절에 열린 무도회 가운데 가장 아름답지 않나요?"

청년들은 그녀에게 선택받은 행운의 사나이가 누구인지 보려고 일제히 몸을 돌렸다.

"그런 건 제가 판단하기 어렵습니다. 저야 늘 책상 앞에만 붙어 앉아 글씨만 쓰면서 지내니까요. 무도회에 참석한 것도 오늘이 처음입니다."

콧수염을 기른 청년들은 쥘리엥의 대답에 하나같이 분개했다. 그러나 마틸드는 쥘리엥이 그러면 그럴수록 더욱 노골적인 관심을 보였다.

"당신은 현명한 사람이니까요. 이런 어리석은 무도회가 당신의 마음을 끌 리 없지요."

그녀는 그가 읽은 책과 관심사에 대해 묻기 시작했다. 쥘리엥은 정중하고 분명하게 대답했다. 마틸드는 쥘리엥과의 대화를 통해 처음으로 자신의 유식함을 뽐낼 수 있어 기뻤다. 그러나 쥘리엥의 눈길은 결코 흔들리지 않았다. 그녀는 그의 냉담함에 당황했다. 그것은 평소 그녀가 다른 사람들을 대할 때의 태도이기에 더욱 놀랐다.

쥘리엥은 그녀에게 예의를 갖춰 인사한 뒤 돌아섰다. 그리고 곧 그녀에게서 멀어져 사람들 사이로 사라져 갔다. 그녀는 이내 콧수염들에게 둘러싸였고, 그들의 어리석고 공허한 이야기 속에 합류되었다. 그러나 그들의 말소리는 무도회의 소음과 섞여 잘 들리지 않았다. 귀족 청년들이 관심을 끌려고 갖은 애를 썼지만, 그녀의 신경은 온통 쥘리엥이 돌아오는 기색을 살피는 데 쏠려 있었다.

한 시간이 지나도 그는 돌아올 기미가 보이지 않았다. 마틸드는 쥘리엥을 찾아 이 방 저 방 옮겨 다니기 시작했다. 마침내 그녀는 알타미라 백작과 이야기를 나누고 있는 쥘리엥을 발견했다. 그들은 정치와 혁명에 관해 열띤 토론을 벌이고 있었다. 알타미라 백작은 사형 선고를 받은 망명 귀족이었다. 마틸드는 그런 백작의 이력에 존경심을 가지고 있었다. 돈으로는 살 수 없는 사형 선고야말로 남자를 특출나게 하는 유일한 길이라 믿고 있었던 깃이다.

그들의 이야기에 호기심이 생긴 마틸드는 바짝 다가서서 귀를 기울였다. 그러다 체면도 잊은 채 그 두 사람 사이로 끼여들었다. 쥘리엥은 백작과의 열띤 토론에 빠진 나머지 마틸드를 거들떠보지도 않았다.

그녀는 자존심이 몹시 상했다. 그러나 쥘리엥을 경멸할 수는 없었다. 그처럼 열정에 찬 목소리로 자신의 의견을 말하는 남자는 난생처음 보았기 때문이다. 그녀는 가슴이 두근거리는 것을 느꼈다. 의심할 여지가 없었다. 마틸드의 마음은 쥘리엥에게 완전히 사로잡히고 만 것이었다.

원하는 것은 무엇이든 가질 수 있는 부잣집 아가씨들은 금단의 열매에 유독 깊은 관심을 갖게 마련이다. 또 그것을 손에 넣기 위해 위험한 일을 꾸미고는 한다. 그것은 마틸드도 마찬가지였다. 그러나 그녀의 경우 더 큰 문제가 있었다. 그것은 열정 자체를 즐기는 수준을 넘어 거기에 탐닉한다는 점이었다.

마틸드가 콧수염 청년들 중 하나와 결혼한다면 명성과 재산을 한꺼번에 갖게 될 것은 불을 보듯 뻔한 사실이었다. 하지만 그것은 상상만으로도 끔찍하고 지루한 삶이었다. 그녀는 모든 것을 가졌지만 정작 행복하지는 않았다. 상류 사회의 견딜 수 없는 따분함에서 벗어나고 싶었다.

그런 그녀에게 자신의 아버지가 고용한, 집안 배경이라고는 내세울 게 전혀 없는 청년이 아주 완벽한 남자인 것처럼 다가왔다. 그와 사랑에 빠지는 것이야말로 권태로움에서 벗어날 수 있는 길이었다. 그것은 또한 그녀가 꿈꿔 오던 이상적인 삶과도 맞닿아 있었다.

무도회가 있은 다음 날, 쥘리엥은 서재에서 집무를 보면서 전날 알타미라 백작과 나눈 대화를 되새겨 보고 있었다. 그 바람에 마틸드가 들어왔는데도 전혀 알아차리지 못했다. 마틸드는 자신을 조금도 개의치 않는 쥘리엥에게 서운함을 느꼈다. 그러나 쥘리엥이 거리를 두면 둘수록 그녀는 더욱 안달이 났다.

처음에는 쥘리엥도 그녀의 노골적인 접근을 대수롭지 않게 생각했다. 적어도 그가 보기에 마틸드는 파리에서 만난 다른 여자들과 마찬가지로 경박하고 가식적이었다. 드 레날 부인과는 비교조차 할 수 없었다.

요사이 쥘리엥은 드 레날 부인을 자주 떠올렸다. 그녀가 그리웠다. 그녀는 더없이 매력적이고 소박한 여자였다. 베리에르에 그녀를 남겨 두고 그처럼 쉽게 떠나온 자신이 무척 어리석게 느껴졌다. 파리 생활에 대한 기대로 들떠 진정 아름다운 사람의 가치를 제대로 알아보지 못한 것이 못내 가슴 아팠다.

그러던 어느 날 저녁, 마틸드가 머리부터 발끝까지 검은색 옷차림을 하고 저녁 식사 자리에 나타났다. 쥘리엥의 눈에 비친 그날의 마틸드는 매우 이상해 보였다. 마치 가까운 친척이 세상을 떠나기라도 한 것처럼 내내 우울한 표정을 짓고 있었다.

한참 뒤에야 그는 어찌 된 영문인지를 알게 되었다. 마틸드는 1574년 4월 30일을 기념하는 중이었다. 그날은 보니파스 드 라 몰이라는 사람이 역모에 연루된 죄로 참수형을 당한 날이었다. 마틸드는 해마다 그날이 돌아오면 나름의 예의를 차려 온 것이었다.

사실 이 가족사에서 마틸드를 매료시킨 것은 보니파스가 마르그리트 왕비의 숨겨진 애인이었다는 대목이었다. 보니파스의 처형을 눈앞에 두고 몹시 괴로워하던 왕비는 결국 처형당한 연인의 머리를 자신에게 보내 달라고 했다. 그리고 다음 날 밤 머리를 마차에 싣고 몽마르트르 언덕의 성당으로 가서 손수 묻었다는 것이다. 마틸드는 그보다 더 낭만적인 이야기를 들어 본 적이 없었다.

그 사연을 전해 들은 쥘리엥도 크게 감명을 받았다. 그가 볼 때 마틸드는 진심으로 역사 속 인물들을 사랑하고 있었다. 쥘리엥은 그런 마틸드에게 흥미를 느꼈다. 그녀의 외적인 아름다움이 메마른 영혼에서 기인한다고 여기던 마음도 사라졌다.

그 뒤로부터 두 사람은 이따금 함께 정원을 산책하며, 프랑스 역사와 문학에 대한 서로의 생각을 주고받았다. 거침없고 용감한 그녀와의 솔직한 대화는 쥘리엥의 흥미를 끌기에 충분했다. 그는 마틸드가 박식하고 총명한 여인이라는 사실을 새롭게 알게 되었다.

시간이 지나면서 그들의 저녁 대화는 점점 더 사적인 부분으로 흘러갔다. 쥘리엥은 가난에 대한 고민 뿐만 아니라 나폴레옹을 숭배한다는 사실까지 밝히고 말았다. 그 말에 그녀는 충격을 받았지만 그에 대한 태도가 달라지지는 않았다.

쥘리엥은 그런 마틸드의 행동에서 진심을 느꼈다. 누구에게도 보여 준 적 없는 선한 태도는 자신만을 위한 것임이 분명했다. 그러나 그녀의 야릇한 우정을 과장해서 생각하지 않으려 애썼다. 그를 조롱하고 있을지도 모르기 때문이었다. 그러면서도 수많은 청년들이 흠모하는 그녀가 자신을 사랑한다면 무척 재미있을 것 같다는 생각이 들었다.

'내가 헛물을 켜는 게 아니라면, 그녀는 나를 사랑하고 있는게 틀림없어.'

쥘리엥은 며칠 동안 그녀와의 관계를 둘러싼 여러 가지 가능성과 자신이 선택할 수 있는 행동들을 곰곰 따져 보았다. 그녀의 아름다움은 눈이 부셨다. 문득 그 아름다움을 자신만의 것으로 만들고 싶다는 욕망이 일었다. 결국 그는 마음을 다잡고 말았다.

'그녀를 차지해 버리자. 영원히 나를 사랑하게 만드는 거야. 그런 다음 도망치면 돼. 그 길을 누군가가 방해한다면 가만두지 않겠어.'

그 후 다른 일에 집중하려 하면 할수록 그의 복잡한 머릿속으로 그녀가 정말 나를 사랑하는 것일까, 하는 생각이 끼여들곤 했다. 그때마다 가슴이 심하게 두 방망이질했다.

제 10 장

고백

쥘리엥은 아직 배울 게 많았다. 촌뜨기 주제에 드 라 몰 양과 같은 파리 사교계 아가씨의 마음을 쉽게 사로잡을 수 있으리라고 생각한 건 큰 오산이었다. 인생이란 그렇게 단순하지 않았다.

마틸드는 그 당시의 여성들과는 사뭇 달랐다. 누구든 비위를 거스르면 반드시 그 사람을 희롱하여 벌을 주었다. 그 희롱이란 것이 겉으로는 예의 바르지만 정곡을 찌르는 것이어서 당한 사람은 크게 상처를 입었다. 권태로운 그녀는 사람들에게 날카로운 비수 같은 말을 던지면서 묘한 즐거움을 느끼고는 했다.

또한 그녀는 자신을 사모하는 청년들이 보내 온 연애 편지에 답장을 하는 위험한 일을 서슴지 않았다. 진심을 담는다기보다는 그저 재밋거리였다. 그녀는 고귀한 영혼만이 위험한 상황에 몸을 던질 수 있다고 믿었다. 그런 그녀에게 귀족 청년들이 눈에 찰 리 없었다. 그들이 보내 온 편지는 한결같이 심각하고 건조했다.

하지만 쥘리엥은 그들과 달랐다. 그녀는 매번 쥘리엥의 오만한 태도에 놀라곤 했다. 사랑에 빠진 마틸드는 자신의 돌발적인 열정을 애써 감추려 하지 않았다. 이 연애야말로 권태의 시대를 끝장내 줄 것이라 믿었다. 그녀는 자신이 사랑하고 있다는 사실만으로도 감동스러웠다. 사랑이야말로 어떤 장애에도 굴하지 않고 위대한 행위를 이끌어 내는 그 무엇이었다. 사회적 신분이 다른 남자를 사랑하려는 것만으로도 이미 그녀는 스스로 위대했다.

물론 젊은 콧수염들은 심한 질투를 느꼈다. 혹시라도 그녀의 사랑을 받을 수 있지 않을까 하는 일말의 기대로 마틸드를 쫓아다니는 데 많은 시간을 소비한 사람일수록 더욱더 분개했다. 심지어는 쥘리엥을 비난하며 넌더리를 냈다. 그녀의 오빠인 노르베르 백작도 그녀의 경솔한 태도를 나무랐다.

하지만 그녀는 조금도 꺾이지 않았다. 쥘리엥을 향한 콧수염들의 험담은 그가 뛰어난 사내라는 것을 도리어 증명해 주는 것처럼 보였다. 실제로 그들은 쥘리엥의 능력을 은근히 두려워하고 있었다.

마틸드는 쥘리엥의 신분에는 조금도 개의치 않았다. 자신이 쥘리엥을 사랑하는 것은 마치 보니파스 드 라 몰에 대한 마르그리트 여왕의 사랑과 같다고 생각했다. 쥘리엥을 사랑하게 된 순간부터 그녀는 권태로부터 벗어날 수 있었다.

그녀는 서재에서 쥘리엥과 시시덕거리며 많은 시간을 보냈다. 그가 종종 오페라 관람을 간다는 것을 알고 그녀도 정기적으로 오페라 극장을 찾았다. 막간에 그와 시간을 보내기 위해서였다.

쥘리엥은 마틸드의 마음을 확신할 수 없었다. 오히려 그녀의 애정 표현이 노골적이면 노골적일수록 자신을 우롱하려는 장난처럼 여겨졌다.

그러던 어느 날, 노르베르 백작과 마틸드가 격앙된 목소리로 말다툼을 벌였다. 무슨 일인지 궁금해진 쥘리엥은 그들 쪽으로 조용히 걸음을 옮겼다. 그런데 대화 중에 자신의 이름이 두 번이나 나오는 게 아닌가. 무슨 얘기인지 자세히 들리지는 않았지만, 그는 두 사람이 어떤 음모를 꾸미고 있는지도 모른다는 의혹에 사로잡히고 말았다. 쥘리엥은 귀족들에게 웃음거리가 되기 전에 이곳을 떠나야겠다고 마음먹었다. 마침 프랑스 남부 쪽에 후작의 작은 영지와 가옥을 관리할 사람이 필요했다. 그는 서둘러 출발할 채비를 했다.

마틸드는 자존심이 센 아가씨였다. 쥘리엥에게 감정 표현을 분명히 했는데도 그는 번번이 농담으로 받아넘기기 일쑤였다. 그 횟수가 늘어갈수록 마틸드는 예전의 냉정함을 잃어 갔다. 그녀는 자신의 행복이 쥘리엥에게 달려 있다는 것을 알고 있었다. 그런데 그가 여행을 떠난다는 소식이 들리자 더 이상 가만히 지켜볼 수가 없었다. 결국 그녀는 먼저 고백하기로 마음먹었다.

떠나기 전날 밤, 쥘리엥은 마틸드로부터 편지 한 통을 받았다. 편지 안에는 적나라한 사랑의 고백이 담겨 있었다.

'당신이 떠나신다기에 말씀드립니다. 당신을 보지 못한다는 건, 이제 제게 견딜 수 없는 일이 되어 버렸어요.'

그는 평정을 지키려 노력했다. 하지만 그토록 아름다운 아가씨로부터 결연한 구애를 받으니 감당하기가 어려운 게 사실이었다. 쥘리엥은 이미 그녀의 멋진 몸매와 세련된 옷차림, 희디흰 손, 우아한 팔, 응접실을 오가는 여유 있는 움직임을 떠올리고 있었다.

온종일 머릿속에서 그녀의 모습이 떠나지 않았다. 어느새 쥘리엥도 사랑에 빠져 있었던 것이다. 마틸드의 편지는 결국 그의 마지막 경계심까지 허물어뜨리고 말았다. 쥘리엥은 벅차 오르는 격정을 억누르지 못하고 소리를 질렀다.

"내가, 가난한 목수의 아들인 내가 지체 높은 여자에게 사랑 고백을 받았어!"

쥘리엥은 그녀를 따라다니던 무수한 귀족 청년들을 제치고 당당히 승리를 거머쥔 것이었다. 그녀가 응접실의 귀족들을 모두 제쳐놓고 자신을 선택했다는 사실이 너무나 행복했다.

결국 쥘리엥은 떠나는 날을 미루기로 하고 후작을 만나러 갔다. 그가 떠나지 않겠다고 하자 후작은 기쁨을 감추지 못했다.

"자네가 여기 있겠다니 아주 잘된 일이군. 자네가 내 옆에 있어 준다면 더 이상 바랄 게 없지."

쥘리엥은 그의 애정이 거북하게 느껴졌다. 후작이 자신을 얼마나 아끼는지 뻔히 알면서, 그의 딸을 애인으로 삼으려는 자신의 욕망이 부끄러웠기 때문이다.

후작은 하나뿐인 딸이 명문 귀족의 아들과 결혼하여 드 라 몰 가문의 지위를 높여 주길 무엇보다 바라고 있었다. 쥘리엥은 그런 후작의 간절한 소망을 알고 있으면서도 마틸드를 유혹하려는 것이었다. 쥘리엥은 후작의 집을 떠나는 것이 도리에 맞다는 생각이 들었다. 그래서 먼 곳으로 곧 떠나야겠다고 마음을 먹는 순간, 갑자기 다른 생각이 머릿속을 헤집고 떠올랐다.

그런 행동은 언뜻 선량해 보이기는 하지만, 따져 보면 바보 같은 짓에 불과했다. 귀족들은 이미 많은 혜택을 누리고 있지 않은가. 베리에르의 가난한 목수 아들 주제에 귀족을 동정하다니. 나는 지금 먹고살기에 급급한 인간이다. 그런 내가 저절로 굴러든 행운을 거절하는 건 너무 어리석은 짓이야. 이기심이 판치는 이 삭막한 인생의 사막에서 사람들은 어차피 저마다 자신을 위해서 사는 게 아닌가!

이십 년 전이라면 나도 응접실에 모이는 귀족 청년들처럼 붉은 제복을 입고 있을지도 모를 일이다. 그 시절이라면 나와 같은 남자는 전쟁터에서 죽거나 서른여섯 살에 장군이 되었을 테니까!

마침내 그 안의 악마가 말했다.

"나라고 늘 검은 옷만 입으란 법은 없지. 어떤 문제에 부닥쳤을 땐 내 머리가 귀족들보다 나으니까. 재능도 있고. 나도 내 시대에 맞는 제복이 무엇인지는 알고 있잖아. 붉은색이든 검정색이든 마찬가지 아니겠어? 나야 어떤 경우든 싸워야 하니까."

그 순간 그의 눈빛은 교묘히 빛났고, 표정은 흉측하기 짝이 없었다. 마치 범죄자처럼 보일 정도였다. 그는 자신감과 행복에 도취되어 오페라를 보러 갔다. 그날처럼 노래와 음악에 깊이 빠져든 적은 없었다. 세상이 모두 자신의 것만 같았다.

하지만 기쁨은 잠시였다. 그때부터 일은 쥘리엥에게 힘들게 돌아갔다.

마틸드는 진심을 고백한 일 때문에 괴로워하고 있었다. 자신이 먼저 편지를 쓴 사실이 알려진다면 모두 경멸의 눈초리로 바라볼 것이 뻔했다. 하지만 그녀의 진짜 고민은 따로 있었다. 쥘리엥이 자신을 사랑하지 않을지도 모른다는 사실이었다. 그가 보내온 답장의 내용은 너무나 신중했다. 좀체 속내가 드러나지 않았다. 그녀는 확답을 원했지만 그의 마음은 조금도 엿보이지 않았다. 결국 마틸드는 난처한 요청을 하기에 이르렀다. 새벽 한 시경에 자기 침실로 찾아오라고 한 것이었다.

쥘리엥은 당황했다. 서재에서 자유롭게 얘기할 수도 있었다. 그런데 자신더러 굳이 모험을 감행하라는 것이었다. 그런 그녀의 저의가 의심스러웠다. 마틸드와 콧수염 귀족들이 작당해서 파 놓은 함정일지도 모른다는 생각이 들었다. 하지만 그것이 그녀의 본심이라면 얘기는 달라졌다. 자신은 사랑 앞에 용기를 내지 못한 비겁한 인간이 될 게 분명했다. 그런 후회로 일생을 보내고 싶지 않았다.

결국 그는 명예를 지키기로 했다. 설령 함정일지라도 빠져 보는 수밖에 없었다. 만약을 대비해 그녀의 편지를 베껴 써 두었다. 그리고 주머니에 권총을 챙겨 넣었다. 새벽 한 시까지 어두운 정원 구석에서 동태를 살피다가, 마틸드의 창문을 향해 사다리를 타고 기어 오르기 시작했다.

마틸드는 쥘리엥을 반겼다. 그는 자신을 위해 대담하게 행동한 용감한 연인이었다. 그녀는 쥘리엥의 신중함과 결단을 칭찬했다. 그런 그를 행복하게 해 주어야 할 것 같았다. 자신과 그를 위해 당연히 해야만 할 일로 여겨졌다.

하지만 마틸드의 이러한 의무감은 그들의 사랑을 뜨겁게 달구지는 못했다. 쥘리엥은 그날 밤의 경험이 드 레날 부인과의 첫 경험과 전혀 다르다고 느꼈다. 마틸드에게는 부인이 보여 주었던 순진함이나 다정함이 없었다. 그들은 사랑의 열정을 흉내 내고 있었을 뿐 진정으로 사랑을 느끼지는 못했기 때문이다.

'파리의 이 멋진 생활이 모든 걸 망칠지도 모르겠다. 사랑까지도.'

쥘리엥은 실망감을 느끼며 생각했다. 그러나 후회나 자책감은 없었다. 오히려 그 반대였다.

다음 날 아침 마틸드의 방에서 나와 근교의 숲을 거닐면서 어제와는 다르게 높아진 듯한 자신의 위치를 가늠해 보며 행복해했다. 모든 것이 자기 밑에 있는 듯이 여겨졌다. 그의 오랜 야심이 이루어지고 있었다.

반면에 마틸드는 그들의 관계에서 불행과 수치심밖에 느끼지 못했다. 쥘리엥과 사랑을 나누긴 했지만 그 일은 그녀에게 일종의 의무였을 뿐이었다. 상대방을 주도적으로 강하게 이끌어 온 이상, 일을 마무리해야 할 필요가 있었다. 자신이 정말 그를 사랑하는지 알 수 없었다. 잔인한 일이었지만 쥘리엥을 쫓아다닐 때의 흥분이 이미 식어 가고 있음을 뚜렷이 느끼고 있었다. 연인이 침실에서 빠져 나간 뒤 그녀는 혼자서 중얼거렸다.

"내가 실수를 했단 말이야? 사랑하지 않으면서도 이런 일이 가능한 걸까?"

바로 그 순간부터 쥘리엥에게 길고도 고통스러운 시간이 시
작되었다.

제 11 장
사랑의 맨 얼굴

　그날 이후 쥘리엥을 대하는 마틸드의 태도가 달라지기 시작했다. 쥘리엥과 우연히 마주치더라도 애써 쳐다보지 않았다. 그녀의 표정은 냉랭하고 새침하기만 했다. 쥘리엥은 적이 당황스러웠다. 지난밤의 열정적이었던 여자와는 전혀 달라 보였기 때문이다.

　쥘리엥은 그녀가 무엇이든 설명을 해 줄 거라 생각하고 기다렸다. 하지만 이틀이 지나도록 그녀의 태도는 바뀌지 않았다. 그의 존재를 무시하고 있었다. 쥘리엥을 사랑한 일을 후회하기 시작한 그녀가 할 수 있는 최선의 거절 방법이었다.

　그러한 사실을 알 리 없는 쥘리엥은 마틸드를 발견하자마자 곧바로 뒤쫓아갔다. 마틸드는 그를 보고 무섭게 화를 냈다.

"싫다는 내색을 분명히 했는데도 뻔뻔스럽게 내게 말을 걸겠다는 거예요?"

그들의 마음은 각기 상대방에 대한 증오심으로 불타올랐다. 두 사람 모두 자존심이 강했을 뿐더러 참을성 있는 성격은 더더군다나 아니었다. 그들의 대화는 절교 선언이나 다름없었다.

쥘리엥은 둘만의 비밀을 영원히 지킬 것을 약속하며 그 자리에서 물러 나왔다. 그러나 그 순간부터 그의 마음은 혼란에 휩싸이고 말았다. 자신이 마틸드를 사랑하고 있다는 사실을 깨닫게 된 것이었다. 이 새로운 발견은 그에게 끔찍한 갈등을 불러일으켰다.

며칠 뒤 두 사람은 우연히 서재에서 마주쳤다. 뜻하지 않게 그녀를 만나자, 쥘리엥은 짐짓 다정한 어조로 말을 걸었다.

"이제 당신은 저를 사랑하지 않는군요?"

그러자 갑자기 마틸드가 울음을 터뜨리며 말했다.

"아무에게나 몸을 내맡긴 것이 너무 괴로워요."

"아무에게나?"

쥘리엥이 큰 소리로 되물었다. 그녀의 모욕적인 말에 분노가 치밀었다. 그는 벽에 걸린 칼 쪽으로 달려가 그것을 빼들었다. 그러나 쥘리엥은 금세 흥분을 가라앉히고 냉정을 찾았다. 자신이 은인의 딸을 죽이려 했다는 걸 깨닫고 재빨리 칼을 내려놓았던 것이다.

마틸드는 그런 그의 모습에 놀라면서도 한편으로는 새로운 기쁨을 느꼈다. 자칫 애인에게 죽임을 당할 수도 있었던 순간이 황홀한 모험으로 여겨졌던 것이다. 자신을 죽이려 했던 그 사람이야말로 진정으로 자신의 주인이 될 자격이 있어 보였다.

그날 저녁 식사를 마친 마틸드는 쥘리엥을 피하기는커녕 도리어 말을 걸면서 함께 정원을 산책하러 가자고 청했다. 하지만 다음 날에는 다시 그를 하인처럼 취급하였다. 마틸드는 그렇게 시도 때도 없이 변덕스럽게 굴었다.

어느 날 저녁, 그들은 함께 산책을 하면서 역사와 정치, 문학에 관한 이야기를 나누었다. 하지만 그것은 마틸드가 자기에게 관심을 보이고 있는 어느 콧수염 청년 이야기를 *끄집어내려는* 구실에 지나지 않았다. 그녀는 자신의 과거 연애 경험에 대해 비밀스런 부분까지 시시콜콜하게 늘어놓았다.

마틸드를 사랑하게 된 쥘리엥은 당연히 질투심에 사로잡혔다. 연적들의 이야기를 듣는 것만으로도 괴로웠다. 가슴속에서 납덩어리가 녹아 흐르고 있는 것 같은 끔찍한 고통이 몰아쳐 왔다. 이 불행한 청년은 마틸드가 지나간 연애 이야기를 다름 아닌 자신에게 늘어놓음으로써 즐거움을 느끼고 있다는 사실을 전혀 눈치채지 못하고 있었다.

이런 면에서 보더라도 그는 아직 인생 경험이 부족했다. 심지어 그 흔한 소설조차 제대로 읽은 것이 없었다. 그가 좀더 재치 있는 사람이었더라면 아가씨에게 냉정한 목소리로 이렇게 말할 수 있었을 것이다.

"아, 그렇군요. 하지만 결국 당신이 진정으로 사랑하는 남자는 내가 아닌가?"

그랬다면 마틸드의 관심을 다시 붙드는 데 성공했을지도 모른다. 하지만 그는 절대 해서는 안 될 말을 하고 말았다. 그건 최악의 실수였다. 어느 날 저녁, 사랑의 열정과 슬픔을 억누르지 못하고 진심을 토해 버린 것이었다.

"나는 이제 당신 없이 살 수가 없는데, 당신은 더 이상 나를 사랑하지 않는단 말이군요!"

이 어리석은 말 한마디는 한순간에 모든 상황을 바꿔 놓고 말았다. 사실 마틸드는 연적에 관한 이야기를 듣고도 쥘리엥이 아무런 반응을 하지 않는 데 놀라고 있었다. 그가 이제 더 이상 자신을 사랑하지 않을지도 모른다는 상상을 하고 있던 참이었다. 그러나 자신이 사랑받고 있다는 것을 확인한 마틸드의 눈길은 경멸의 빛을 띠기 시작했다. 그녀는 쥘리엥를 열등한 존재, 필요할 때면 언제든 자기를 사랑하게 만들 수 있는 사람으로 여기게 되었다.

쥘리엥을 대하는 그녀의 태도는 점점 더 변덕스러워졌다. 더 없이 다정한 연인인 것처럼 굴다가도 갑자기 철저하게 무시를 하곤 했다. 그녀가 싫다는 내색을 분명하게 비쳤다면 오히려 나왔을지도 몰랐다. 그녀의 종잡을 수 없는 행동 때문에 쥘리엥은 늘 불안에 떨지 않을 수 없었다.

어느 늦은 밤, 쥘리엥은 온갖 위험을 무릅쓰고 그녀의 침실을 찾아갔다. 마틸드에게 무가치한 자신이 너무 하찮게 느껴진 나머지, 그녀에게 마지막 키스를 하고 자살해 버리겠다는 결심을 한 직후였다. 그런데 뜻밖에도 그녀는 그를 반기며 품 안으로 뛰어드는 게 아닌가. 그러고는 자신의 잘못을 뉘우치고 용서를 빌었다. 그뿐이 아니었다. 그가 방을 나설 때는 열렬한 사랑을 고백하며 선물로 자신의 금발을 한 움큼 잘라 주기까지 했다.

다음 날 저녁, 식당에서 마틸드를 본 쥘리엥은 당황스러워 어쩔 줄 몰랐다. 그녀의 머리카락에 가위질 자국이 선명했기 때문이었다. 마치 쥘리엥과의 사랑을 세상 사람들에게 알리려고 작정한 것처럼 보였다.

그러나 그 때뿐이었다. 채 며칠도 지나지 않아, 그녀는 머리를 손질해 가위질한 곳을 완전히 가려 버렸다. 그리고 식탁에서 쥘리엥이 눈길을 마주치려 애를 써도 줄곧 딴 곳만 쳐다보았다. 응접실에서도 그를 못 본 체하기는 마찬가지였다.

마틸드는 열정과 후회가 반복되는 자신의 피곤한 사랑에 지쳐가고 있었다. 열정은 언제나 찰나일 뿐이었다. 머리로 하는 사랑은 끊임없이 스스로를 비판하게 만들었다. 그런 사랑은 이성을 흐리게 하기는커녕 이성 위에서 더욱 견고하게 완성되기 마련이었다.

어느 날 아침, 마침내 그녀는 서재에 있던 쥘리엥에게 다가와 선언을 했다.

"당신이 명예심 없는 사람이라면 나를 파멸시킬 수 있어요. 하지만 그런 일이 닥친다 하더라도 나의 진실을 가릴 순 없을 거예요. 나는 이제 당신을 사랑하지 않아요. 그동안 내 눈이 멀었었나 봐요."

이 모욕스런 말 한마디 한마디는 쥘리엥의 가슴을 후벼팠다. 아무런 대꾸도 할 수 없었다. 그 자리에서 달아나고만 싶은 마음뿐이었다. 너무나 놀란 나머지 자신에게 닥칠 불행이 심각하게 느껴지지조차 않을 정도였다. 쥘리엥은 자신이 마틸드의 성격을 얼마나 모르고 있었던가를 새삼 깨달았다. 그리고 그녀가 자신을 사랑해 주었던 그 짧은 기간을 가늠해 보았다. 고작 열흘 안팎이었다. 그럼에도 불구하고 쥘리엥은 그녀를 평생 동안 사랑할 것만 같은 생각이 들었다.

한편 마틸드는 한때나마 품었던 감정이 후회되어 견딜 수 없었다. 스스로에 대한 분노를 쥘리엥에게 풀면서 자존심을 회복시키려 하였다. 그녀는 자신이 내뱉은 잔인한 말들에 무한한 만족감을 느꼈다. 그를 사랑했던 마음을 말끔히 정리하고 관계를 끊었다는 사실이 무척 자랑스러웠다. 그 누구도 자신을 지배할 수 없다는 것을 확인한 셈이었다.

그날 점심 식사 후, 드 라 몰 부인이 쥘리엥에게 테이블 위의 책을 가져다 달라고 부탁했다. 그는 책을 집으려다 그만 옆에 놓여 있던 일본 산(産) 화병을 떨어뜨려 깨뜨리고 말았다. 그 소리를 듣고 마틸드가 다가왔다. 쥘리엥은 그녀를 보고서도 전혀 당황하지 않은 채 차분하게 말했다.

"이 화병은 한때 제 마음을 지배했던 감정과 같이 영원히 사라졌습니다. 그 감정 때문에 저지른 어리석은 행동을 모두 용서해 주십시오."

그는 그렇게 자신의 사랑이 끝났음을 알렸다. 물론 진실은 그 반대였다. 그는 자신의 감정이 여전히 마틸드에게 지배되고 있다는 것을 알고 있었다. 하지만 이것으로 어쨌든 그들 사이의 모든 것은 영원히 끝난 것처럼 보였다.

얼마 후, 후작이 갑자기 쥘리엥을 찾았다. 자기와 함께 당장 파리를 떠나야 한다는 것이었다. 시 외곽에서 열릴 어느 모임에 참가하기 위해서였다. 쥘리엥으로서는 그 일이 어떤 것인지 정확히 알 수 없었지만 굳이 마다할 이유가 없었다. 이 여행이 마틸드를 잊을 수 있는 기회인 것이 분명했기 때문이다.

후작은 중대한 정치적 모임에 갈 계획이었다. 아주 중요한 비밀 집회인 만큼 그의 행동거지는 평소보다 훨씬 조심스러웠다. 쥘리엥에게도 이러한 사실을 누설하지 않도록 신신당부했다.

그렇다면 후작은 왜 굳이 쥘리엥을 동행시키려 했을까? 기억력이 비상한 이 청년은 집회에서 듣게 될 모든 이야기를 암기할 수 있을 것이기 때문이었다.

쥘리엥은 집회가 끝나는 대로 파리에서 멀리 떨어진 곳에 살고 있는 후작의 친구를 찾아가야 했다. 그에게 집회에서 일어난 일들을 낱낱이 보고하는 것이 쥘리엥의 임무였다. 서류로 전달하려 하다가는 정치적 입장이 다른 반대파들에게 들킬 우려가 있기 때문이었다.

쥘리엥이 비밀 사안을 외운 밀사로서 혼자 떠나야 하는 여행은 아주 위험한 일이었다. 정치적 입장이 다른 반대파들에게 해를 입을 수도 있었다. 후작은 그의 안전이 걱정되어 단단히 주의를 시켰다. 그러면서도 그가 이 일을 잘해 낼 거라고 생각했다. 쥘리엥이 지닌 뛰어난 능력과 충성심, 그리고 용기를 믿었던 것이다.

쥘리엥은 후작의 기대대로 무사히 임무를 완수해 내었다. 그러나 예기치 않은 일이 그를 기다리고 있었다. 파리로 돌아가기 전, 스트라스부르에서 12일간 머무르라는 명령을 받은 것이었다. 이유를 따져 묻지도 못한 채 쥘리엥은 울적하고 쓸쓸한 기분으로 스트라스부르에 도착했다.

그는 자신이 완수한 임무와 조국에의 헌신을 생각하며 우울한 마음을 다독이려 애썼다. 그러나 고통스럽게도 마틸드의 모습만이 자꾸만 떠올랐다. 실패로 끝난 그녀와의 관계는 세상만사를 하나같이 암담하게 보이게 만들었다.

미래를 생각할 때마다 실패라는 단어가 자연스럽게 뒤따라왔다. 한때는 자신의 미래에 대해 지나치게 자신만만해 했던 청년이 이제는 자기 비하에 빠져 성공의 기대조차 품지 못하게 된 것이었다. 외로운 여행객 신세는 그의 우울을 한층 더 깊게 만들었다.

하지만 동트기 직전이 가장 어두운 법이라고 했던가. 어느 날 말을 타고 시내를 지나고 있을 때였다. 누군가가 큰 소리로 그를 불렀다. 뒤를 돌아보니 런던에 머물렀을 때 함께 유쾌한 시간을 보냈던 러시아 귀족 코라소프 공이었다. 두 사람은 곧 스트라스부르의 유명한 주점들을 돌아다니며 함께 먹고 마셔 댔다. 코라소프 공은 만난 지 얼마 되지 않아 친구의 슬픔을 알아챘다.

"대체 돈을 잃어버린 거요, 아니면 아름다운 아가씨와 사랑에 빠지기라도 한 겁니까?"

순간 쥘리엥은 코라소프 공에게 모든 걸 털어놓고 의논하고 싶다는 생각이 들었다. 그는 마틸드의 행동과 성격을 자세하게 설명했다.

"맞습니다. 사랑에 빠졌다가 버림받았거든요. 그 때문에 지금

죽고 싶을 정도로 고통스럽습니다."

줠리엥이 슬픈 사연을 쏟아 놓는 동안, 코라소프 공은 다정하게 귀 기울여 주었다. 이야기를 다 듣고 난 뒤, 그는 젊은 친구에게 애인과의 관계를 다시 회복할 수 있는 방법을 알려 주었다.

"아직 다 끝난 건 아닌 것 같은데? 이렇게 해 봐요. 첫째, 파리에 돌아가거든 서로 가까워지기 전의 당신 모습을 그녀에게 보여요. 냉정하게 행동해도 안 되고 감정이 상한 것처럼 여겨지게 해도 안 되니 조심해야 합니다. 대신 날마다 그 아가씨를 만나야 해요. 두 번째는 그 아가씨가 잘 아는 사교계의 다른 여자 하나를 골라서 당신의 감정이 오로지 그 여자에게만 쏠려 있는 것처럼 행동하는 겁니다. 낮이고 밤이고 그렇게 해야 합니다. 거짓이라는 것이 들통나면 그걸로 끝장이니까! 만약 당신이 성공한다면 그녀는 돌아올 겁니다."

줠리엥은 코라소프 공에게 진심으로 감탄했다. 그는 이 러시아 인의 말을 가슴 깊이 새겨 두었다. 코라소프 공은 이 일을 성공 시키기 위해서는 잘 쓴 연애 편지가 필수적이라고 했다. 그러면서 자신이 러시아에서 연애 사업에 이용했던 쉰세 통의 연애 편지를 베껴서 선물로 주었다. 편지 내용 중 세부 사항은 몇 군데 고칠 필요가 있었지만, 그 외에는 그대로 베껴 쓴다 해도 손색이 없을 문장들이었다. 마틸드를 되찾기 위한 싸움에 훌륭한 무기를 얻은 셈이었다.

쥘리엥은 그 편지 뭉치를 가지고 파리로 돌아왔다. 드 라 몰 저택에 도착했을 즈음, 그는 자기의 편지를 받게 될 운 좋은 여자를 이미 마음속에 정해 놓고 있었다. 후작의 저녁 모임에 항상 참석하는 드 페르바크 장군의 미망인이었다.

쥘리엥은 코라소프 공이 충고한 대로 계획한 일을 바로 실행에 옮겼다. 그는 일부러 여행할 때 입는 가장 수수한 옷을 찾아 입고 저녁 식사 자리에 나갔다. 마틸드는 사람들을 기다리게 하는 평소의 습관대로 맨 마지막에 나타났다. 쥘리엥을 보자 그녀의 얼굴이 빨개졌다. 그가 돌아왔다는 소식을 미처 듣지 못했던 것이다. 그녀의 반응에 쥘리엥은 순간적으로 동요되었지만 내색하지 않으려 애를 썼다. 다행히 주변 사람들에겐 그저 피곤한 것으로만 보였다.

식사는 유쾌하게 진행되었다. 후작은 쥘리엥이 맡긴 일을 훌륭하게 완수해 내었다고 가족들 앞에서 칭찬을 아끼지 않았다. 쥘리엥은 코라소프 공의 조언대로 마틸드를 바라보지도 의식하시도 않았다.

드 페르바크 부인이 도착했다는 전갈을 듣자, 쥘리엥은 얼른 자리를 빠져나가 옷을 제대로 갖춰 입고 다시 돌아왔다. 그리고 드 페르바크 부인 곁에 자리를 잡고 앉았다. 얼마 후 드 페르바크 부인이 오페라 구경을 가겠다고 자리에서 일어서자 재빨리 그녀를 따라 나섰다. 그러고는 그녀의 개인용 특별석과 가까운

곳에 자리를 잡은 다음, 공연이 끝날 때까지 줄곧 그녀를 지켜보았다.

마틸드는 두 사람이 함께 있는 것을 계속 주시하고 있었다. 그리하여 쥘리엥이 처음부터 끝까지 장군의 미망인에게만 관심을 기울이고 있다는 것을 알아챘다. 사실 마틸드는 쥘리엥이 여행하는 동안 그의 존재를 거의 잊고 있었다. 하지만 저녁 식사 시간에 그를 보는 순간 생각이 확 바뀌어 버렸다.

'저 사람이야말로 내 남편감이야! 인생을 부끄럽지 않게 살고 싶다면 그와 결혼하는 게 당연해!'

그녀는 쥘리엥의 감정이 여행을 떠나기 전과 마찬가지로 비참한 상태에 있으리라 예상하고 있었다. 그가 한없이 불행한 모습으로 자신에게 치근거려야 마땅했다. 그런데 자기와 이야기해도 된다는 암시를 분명히 전달했음에도 불구하고, 그는 말을 걸기는커녕 눈길 한번 주지 않았다. 쥘리엥은 다른 데 정신이 팔려 있었다. 바로 드 페르바크 부인이었다.

물론 이런 연기를 해야 하는 쥘리엥의 마음은 고통스럽기 짝이 없었다. 그러나 그는 마틸드에게 자신이 받은 상처가 아무 흔적도 없이 나은 듯 보이기 위해 온갖 노력을 게을리하지 않았다. 코라소프 공이 일러준 행동 지침을 충실하게 따랐다. 저녁마다 드 페르바크 부인 가까이에 자리를 잡았다.

그런데 그때마다 불행히도 해야 할 말이 한마디도 떠오르지 않았다. 부인이 그저 나무토막처럼 여겨졌다. 귀족의 격식이 몸에 밴 그녀는 더없이 정중하기만 할 뿐 감정이라고는 아예 느낄 줄 모르는 것 같았다. 이야기의 주제는 오직 왕족이나 사냥, 자기네 집안에 관한 의미 없는 것들뿐이었다. 그러나 쥘리엥은 권태감을 드러내지 않았다. 유창한 언변으로 귀부인의 비위를 맞추려고 애를 썼다. 자신이 거짓을 애기할수록 마틸드의 마음은 크게 움직일 터였다.

이번엔 코라소프 공이 준 편지 중 첫 번째 것을 드 페르바크 부인에게 보낼 차례였다. 쥘리엥이 그 편지를 베껴 쓰다 보니 지루하기 짝이 없었다. 장황하고 터무니없는 내용들로 가득했다. 이런 글을 진심으로 쓰는 사람이 정말로 있을지 의문이 생길 정도였다.

열다섯 통의 편지를 보내고 나서야 쥘리엥은 귀부인으로부터 첫 응답을 받았다. 드 페르바크 부인이 그를 저녁 식사에 초대한다는 내용의 편지였다.

부인의 살롱은 아주 화려했다. 하지만 음식은 평범했고, 대화는 따분했다. 쥘리엥은 그곳에서 드 페르바크 부인의 숙부인 주교를 볼 수 있었다. 소문으로는 그가 조카딸의 부탁을 거절하는 법이 없다고 했다. 따라서 드 페르바크 부인은 주교 선임에 있어 커다란 권력을 행사할 수 있는 인물이었다. 쥘리엥은 대단한 자리에 참석해 있는 셈이었다. 유명한 주교 나으리와 함께 만찬을 들고 있다니.

그러나 쥘리엥은 평소와 다르게 관심이 가지 않았다. 지겹지 않은 게 한 가지도 없었다. 술 생각만 났다. 하지만 자신을 대하는 드 페르바크 부인의 태도를 보아 일에 진전이 있는 것만은 틀림없었다.

실제로 그가 보낸 편지들을 읽은 부인은 쥘리엥 소렐을 대단한 청년이라고 여기게 되었다. 다른 청년들은 쓸 수 없는 색다른 문체와 진지하고 감동적인 말투, 확신에 넘치는 글에서 그녀는 쥘리엥에게 남다른 점이 있다는 것을 인정하지 않을 수 없었다.

저녁 만찬에 다녀온 다음 날, 쥘리엥은 하마터면 난처한 일을 겪을 뻔했다. 편지 한 통을 베껴 써 보내면서 글 중에 나오는 장소를 파리로 고치지 않은 것이었다. 드 페르바크 부인은 런던에서 벌어지는 일들이라고 언급한 문장을 읽고 무슨 뜻인지 이해하지 못했다. 그녀는 곧장 쥘리엥에게 해명할 기회를 주었다. 그러고는 다음 편지를 얼른 받고 싶어서 조바심을 쳤다.

쥘리엥이 드 페르바크 부인과 여러 사건을 벌이는 동안 마틸드는 그를 생각하지 않으려 애썼다. 그녀의 마음은 극심한 갈등에서 헤어 나오지 못하고 있었다. 그를 한심하게 여기려고 노력했지만 그에 대한 얘기가 들려오면 자기도 모르게 솔깃해지곤 했다.

그 무렵, 쥘리엥은 지겨운 날들을 보내고 있었다. 드 페르바크 부인의 응접실에 매일 머리를 내밀어야 하는 일과는 이미 그것 자체가 고통이 되어 가고 있었다. 그것은 그저 의무를 이행하는 것 뿐이었다. 마음에도 없는 연극을 하느라 기력이 소진되어 그는 늘 피곤함을 느꼈다. 종종 암흑 같았던 신학교 생활을 떠올리며 자신을 위로했지만, 끔찍한 현실과 마주하면 그것마저도 소용이 없었다.

쥘리엥의 편지가 이틀 동안이나 오지 않자, 드 페르바크 부인은 손수 답장을 쓰기로 했다. 일상의 지루함이 거둔 승리였다. 부인은 이제 매일같이 편지를 쓰는 것이 습관이 되어 있었다.

어느 날 아침, 하인이 부인의 편지를 서재로 가지고 가다가 마틸드와 마주쳤다. 그녀는 그 편지의 발신인이 드 페르바크 부인임을 단번에 알아차렸다. 마틸드는 쥘리엥을 찾아 서재로 들어 갔다. 그와 단둘이 이야기를 해 볼 생각이었다.

마틸드는 책상 위에서 아직 뜯지도 않은 드 페르바크 부인의 편지를 발견하고는 그것을 손으로 움켜쥐며 소리쳤다.

"소렐 씨, 나를 완전히 잊고 있는 거예요? 당신의 행동은 정말 충격적이군요!"

글을 쓰는 데 정신이 팔려 있던 쥘리엥은 그녀가 갑자기 나타나는 바람에 깜짝 놀랐다. 자존심 강한 아가씨는 이제 자신의 질투심을 숨기려 하지도 않았다. 모든 게 코라소프 공이 예측한 대로 되어 가고 있었다. 그녀는 눈물을 흘리기 시작했다. 그리고 쥘리엥의 품에 안기며 용서를 빌었다. 쥘리엥의 사랑 없이는 한 순간도 살 수가 없다면서 애원을 했다.

쥘리엥은 기쁜 마음에 그녀를 당장이라도 껴안고 싶었지만 애써 마음을 다잡았다. 자신의 사랑을 고백했다간 그녀의 눈에 금세 경멸의 빛이 나타날 것이었다. 한마디만 잘못해도 모든 게 끝장이었다. 그는 냉정하게 말했다.

"저도 자존심이 있습니다. 잠깐이었지만 당신이 제게 마음을 준 것도 그 때문이었겠죠. 저는 지금 드 페르바크 부인을 사랑하고 있는 것 같습니다. 그분은 저를 위로해 주셨어요. 진정한 친절이 아닌 변덕스러운 호의라면 받아선 안 되겠지만요."

"그게 무슨 말인가요?"

"당신의 사랑이 얼마나 가리라고 생각합니까? 당신의 사랑을 어떻게 증명할 수 있죠?"

"내가 당신을 너무나도 사랑하고 있다는 사실과 당신에게 거절당한다면 너무나 불행해질 거라는 게 그 증거예요."

쥘리엥은 이 연극을 당장이라도 집어치우고 싶은 생각이 간절했다. 하지만 그 절망의 나날을 되풀이할 수는 없었다. 그는 그녀가 꼭 잡은 손을 뿌리치며 몇 발짝 떨어져 나왔다.

"제게 생각할 여유를 주십시오."

쥘리엥은 그녀가 항상 '그가 나를 사랑하는 것일까?'라는 의심에 시달리게 하기로 마음먹었다. 그녀가 두려움을 느낀다면 자신을 경멸하지 않을 뿐더러 자신에게 복종할 게 틀림없었다. 만약 코라소프 공이 쥘리엥의 이런 처신을 알았다면 그를 자랑스럽게 생각했을 것이다.

마틸드는 그가 너무 냉정하다고 생각했지만 어쩔 수 없었다. 모두 자신의 변덕스러움이 불러온 결과였다. 그가 화를 내는 것은 당연했다. 잘못이 자신에게 있다는 것을 인정하고 기다려 보는 수밖에 없었다.

한편 쥘리엥은 굳은 결심에도 불구하고 자신의 뜨거운 마음을 그리 오래 다스리지는 못했다. 어느 날 저녁 마틸드와 함께 정원을 거닐고 있을 때였다. 문득 지난날의 불행과 현재의 행복 사이에 커다란 차이가 느껴지면서 마음이 흔들렸다. 이런 싸움에 자책감이 느껴지기도 했다. 쥘리엥은 걸음을 멈추고 그녀의 손에 입을 맞췄다. 그리고 진실을 고백하면서 눈물을 흘렸다.

"전 당신에게 거짓말을 했습니다. 모두 꾸며 낸 일입니다. 후회하고 있습니다. 당신이 제게 이렇듯 헌신적으로 사랑을 주니 더 이상 제 감정을 숨길 수가 없군요. 제 잘못입니다. 용서하십시오."

이 순간에도 쥘리엥은 자신을 바라보는 마틸드의 눈에 경멸의 빛이 떠올랐다고 생각했다. 그러나 그것은 환상에 불과했다. 마틸드는 그에게 사랑받고 있다는 사실을 너무 행복해 하며 쥘리엥의 품으로 안겨 들었다. 그녀는 돌연 둘이서 런던으로 달아나자고 제안했다.

마틸드와의 사랑을 확인한 후에도 쥘리엥은 경계를 늦추지 않았다. 연인에게 불현듯 쌀쌀맞게 굴기도 하고 용기를 내어 그녀를 멀리하기도 했다. 드 페르바크 부인에게 연애 편지를 쓰는 일도 멈추지 않았다.

마틸드는 태어나서 처음으로 진짜 사랑에 빠져 있었다. 쥘리엥의 사랑을 지키기 위해 권태로울 새가 없었다. 그녀는 쥘리엥에게 언제나 고분하고 겸손한 애인이었다. 또한 두 사람의 사랑이 가져올 수 있는 모든 위험에 용감하게 뛰어들 준비가 된 대담한 연인이었다. 저녁에 사람들이 응접실로 모일 때마다 그녀는 쥘리엥을 자기 곁으로 불렀다. 그리고 수십 명의 사람들이 보는 앞에서 오랫동안 단둘이서 이야기를 나누었다. 그녀가 하는 질문은 늘 쥘리엥만이 답변할 수 있는 것들이었다.

지금까지 느릿느릿 움직이는 것만 같던 그녀의 삶에 속도감이 느껴지기 시작했다. 이보다 더 행복했던 적은 없었던 것만 같았다.

어느 날 마틸드는 자신의 몸에 일어난 커다란 변화를 알아차렸다. 임신이었다. 그녀는 기뻐서 어쩔 줄 몰랐다. 그리고 이 소식을 자랑스럽게 쥘리엥에게 알렸다.

"이게 내가 당신을 사랑한다는 가장 확실한 증거가 아니고 뭐겠어요? 이래도 절 의심할 건가요? 이제 난 영원히 당신의 아내예요.”

쥘리엥은 너무나 놀라서 한동안 대꾸할 말을 찾지 못했다. 여러 가지 착잡한 감정들이 마음속에서 갈등을 일으켰다. 그는 되도록 냉정하게 마틸드를 대하는 데 익숙해져 있었다. 하지만 이제 그녀를 감싸 안고 보호해야 할 때임이 분명했다.

그러나 한편으로는 더럭 겁이 나기도 했다. 도대체 이 일을 어떻게 그녀의 아버지에게 알린단 말인가? 후작은 노발대발할 게 틀림없었다.

그러나 마틸드는 두려워하는 기색이 전혀 없었다. 아버지에게 당장 이 일을 알리자고 하였다. 솔직하게 말하는 것이 명예로운 일이라고 하면서, 만약 아버지가 반대를 한다면 함께 집을 나가 다른 곳에서 새로운 생활을 시작하자고 했다.

“아버지가 우리를 쫓아내더라도 훤한 대낮에 정문으로 떳떳이 나가자구요!”

그러나 쥘리엥은 좀체 용기가 생기지 않았다. 후작에게 사실을 전해야 한다는 생각만으로도 온몸이 공포로 떨려 왔다. 물론 두려움 때문만은 아니었다. 딸을 프랑스의 명문가에 시집보내고 싶어 하는 후작의 마음을 쥘리엥은 오래 전부터 잘 알고 있었다. 그런 쥘리엥이 직접 후작에게 이제 그 꿈이 사라져 버렸다고 말해야 하는 것이었다. 더군다나 후작은 진심으로 그를 아껴 주었는데 말이다. 끔찍한 일이었다. 후작이 알면 얼마나 통탄

할 것인가.

그것뿐 아니었다. 후작은 두 사람을 강제로 떼어 놓을 수도 있었다. 그럴 경우 반년도 지나지 않아 마틸드는 쥘리엥을 잊어버릴 것이 분명했다. 후작의 질책에 못지않게 그녀의 변심 또한 두려웠다.

쥘리엥은 이런 걱정을 마틸드에게 솔직하게 털어놓았다. 그녀는 기뻐했다. 이제야 확실하게 사랑을 고백하는구나, 하고 생각한 것이었다. 쥘리엥이 오랫동안 연기를 너무 잘해 온 나머지, 그녀는 연인의 본심을 알 수 없어 괴롭던 참이었다. 그녀는 다시금 자신감을 갖게 되었다. 그리고 그에게 더 강한 사랑을 느꼈다. 하지만 자신의 임신 소식을 아버지에게 알리는 일을 미룰 만한 이유는 어디에도 없었다.

이튿날 저녁, 그녀는 아버지에게 편지를 써 보냈다. 봉투에는 꼭 혼자 있을 때 읽어 보라는 당부의 말을 적었다. 후작은 전달된 편지를 힐끗 보고는 곧 서재로 들어가 문을 닫아 걸었다.

쥘리엥, 사랑을 쏘다

'앞으로 어떻게 해야 할까? 그동안 쌓아 올린 것을 무너뜨리지 않으려면 어떻게 처신해야 하지?'

쥘리엥은 침대에 앉아 두 손으로 머리를 감싸쥐었다. 펜을 들고 머릿속에 떠오르는 생각들을 적어 보려고 하는데 후작의 늙은 하인이 찾아왔다.

"후작께서 지금 바로 오시라고 하셨습니다. 입고 계신 그대로 말입니다."

쥘리엥의 뒤에서 계단을 내려오던 하인이 나직이 덧붙였다.

"화가 많이 나셨어요. 조심하셔야 할 겁니다."

하인의 말대로 후작은 몹시 흥분해 있었다. 자칫하다간 주먹이라도 날릴 태세였다. 물론 그런 일은 일어나지 않았다. 하지만 이 지체 높은 귀족이 예절 따위는 고스란히 쓰레기통에 처박아 버리고 사람을 함부로 대한 것은 아마도 이때가 난생처음이었을 것이다.

그는 쥘리엥을 보자마자 분을 참지 못하고 욕을 해대기 시작했다. 귀족의 입에서 나올 법하지 않은 욕지거리였다. 쥘리엥은 자신이 마틸드를 얼마나 사랑하는지 설명해 보려고 했다. 하지만 그것은 불난 집에 부채질하는 꼴이었다.

"이 댁에서 저를 진심으로 이해해 주신 분은 후작님과 아가씨 뿐이었습니다."

"그런 마음이 생겼을 때 넌 떠났어야 했어. 그게 올바른 처신이었다구. 이 인간 말종아!"

괴로워하는 후작을 보니 쥘리엥도 마음이 편치 않았다. 진심으로 부끄럽고 후회스러웠다. 은혜를 원수로 갚은 꼴이 되어 버렸구나! 쥘리엥은 테이블로 가서 짤막한 글을 썼다. 죽음으로써 용서를 구하겠다는 유서였다. 쥘리엥이 후작에게 말했다.

"지금 정원으로 나가겠습니다. 하인들더러 저를 쏘라고 하십시오. 그러면 제 일은 아무에게도 알려지지 않을 겁니다."

하지만 죽으려던 그의 결심은 정원에 채 다다르기도 전에 흔들리기 시작했다.

'난 얼마 안 있어 아버지가 될 몸이 아닌가? 아버지가 된다는

것은 한 생명을 책임져야 한다는 걸 의미해.'

독자들도 예상했겠지만, 정원에서는 아무런 일도 일어나지 않았다. 침실로 돌아온 쥘리엥은 조용히 옷가지를 꾸렸다. 피라르 신부를 찾아가 조언을 구할 생각이었다.

쥘리엥이 떠난 사실을 알게 된 마틸드는 깊은 절망에 빠졌다. 그녀는 곧장 아버지를 찾아갔다. 울부짖는 마틸드의 모습은 흡사 연극 무대 위의 한 장면 같았다.

"그이가 죽으면, 저도 따라 죽겠어요! 그럼 아버지가 저를 죽이는 셈이죠. 무척 기쁘실 거예요. 하지만 제가 혹시라도 죽지 못하고 살아 있게 된다면, 죽은 이들의 영혼에 걸고 맹세해요. 상복을 입고 거리로 뛰쳐나가 제가 그이의 미망인 소렐 부인이라고 온 세상에 다 알리고 말 거예요. 사교계 사람들에게 장례식 초대장도 보낼 거구요. 믿으셔도 돼요. 저는 비겁한 겁쟁이가 아니니까요!"

가엾은 후작! 그는 자기가 놓은 덫에 걸린 꼴이 되어 버렸다. 그는 쥘리엥을 향한 분노와 마틸드를 걱정하는 마음 사이에서 어떤 방법이 최선인가를 놓고 궁리하지 않을 수 없었다. 그의 마음은 하루에 열 번도 더 천국과 지옥 사이를 오락가락했다.

그는 딸을 귀족 가문의 자제와 맺어 주고 싶었다. 그러한 갈망은 그가 젊은 시절에 겪었던 경험에서 비롯된 것이었다. 프랑스 혁명이 일어나자마자 고국을 탈출한 그는 불안하고 암울한 미래와 맞닥뜨릴 수밖에 없었다. 모순되게도 이런 경험은 쥘리엥의 처지를 동정하게 된 이유로도 작용했다.

쥘리엥은 몇 주 동안 피라르 신부의 집에 머물렀다. 피라르 신부는 그를 질책하긴 했지만 크게 놀라진 않았다. 오히려 어렴풋이 짐작은 하고 있었다며 그를 안쓰러운 눈길로 바라보았다.

마틸드는 매일같이 말을 타고 쥘리엥을 만나러 왔다. 그녀의 사랑은 진실됐지만 지나치게 광적이었다. 그녀는 아버지의 제안을 모두 거절했다. 소렐 부인으로 살 수 없다면 그 무엇도 의미가 없다고 딱 잘라 말했다.

딸의 단호한 태도에 후작의 마음도 흔들리기 시작했다. 무작정 화를 낸다고 해결될 일이 아니라는 것을 알아차린 것이었다. 쥘리엥이 죽어 버렸으면 하는 마음도 더 이상 그를 위로하지 못했다. 누구보다 자존심 강하고 똑똑했던 딸아이가 이런 식으로 자신을 괴롭히리라고는 상상조차 하지 못했다. 결국 후작은 딸을 공작 부인으로 만들려던 꿈을 접고 두 연인을 인정하기로 마음먹었다.

후작도 어느 정도 마음의 준비를 하고 있었지만, 영리한 마틸드는 아버지의 거래 조건을 자신들에게 유리한 쪽으로 만들어 나갔다.

처음에 후작은 두 사람이 어려움 없이 살 만한 정도의 돈을 주기로 합의했다. 그런 다음에는 프랑스 남서쪽에 있는 제법 큰 땅을 주겠다고 약속했다. 쥘리엥을 없애지 못할 바에야 아예 커다란 행운을 주겠다고 작정한 것이었다. 후작은 그에게 영지 하나를 주고 귀족의 이름을 사게 한 다음 작위를 물려줄 요량이었다. 그 정도의 재산이면 쥘리엥이 소렐 드 라 베르네이 씨로 이름을 바꿔 귀족 행세를 할 수 있을 터였다. 후작은 쥘리엥이 스트라스부르에 기지를 둔 제15기병대의 장교 사령장을 보내 주었다.

그러나 이러한 파격적인 타협안을 제시하는 중에도 후작은 여전히 의혹을 떨칠 수 없었다. 쥘리엥이 배짱 두둑하고 총명한 청년이긴 했다. 하지만 그의 눈빛에는 늘 어딘지 모르게 불안한 기운이 서려 있었다. 무엇보다도 걱정스러운 점은 쥘리엥이 정말 순수한 열정으로 마틸드를 사랑하게 되었는가 하는 것이었다. 그녀의 사랑을 얻기 위해 비열한 음모를 꾸몄을 수도 있었다. 장인 될 사람이 세상 그 누구보다도 딸을 사랑하고 있다는 것, 그리고 일 년에 수십만 프랑을 벌어들인다는 사실을 알고서! 이런 의문은 꼬리에 꼬리를 물면서 좀처럼 풀리지 않았다.

마틸드는 쥘리엥에게 기병대의 장교직을 허락하는 아버지의 편지를 받았다. 그녀는 고맙다는 인사와 함께 빠른 시일 안에 쥘리엥과 성대한 결혼식을 올릴 수 있도록 허락해 달라는 답장을 보냈다. 그녀는 쥘리엥과의 결혼을 하루 빨리 세상 사람들에게 알리고 싶었다. 탁월하고도 신중한 선택을 한 자신의 지혜를 만천하에 드러내고 싶었던 것이다. 그런데 뜻밖에도 아버지로부터 온 답장은 그녀의 기대를 보기 좋게 무너뜨렸다.

내가 하라는 대로 해라. 안 그러면 나의 모든 제의를 없었던 것으로 하겠다. 애야, 놀라지 마라. 나는 아직 쥘리엥이 어떤 종류의 인간인지 모르겠구나. 하지만 너는 나보다 더 모르고 있어. 우선 쥘리엥에게 스트라스부르로 가 있으라고 해라. 보름 안에 내 뜻을 알려 주겠다.

편지를 다 읽은 마틸드는 기가 턱 막혔다. 어찌 된 영문인지 당장이라도 따져 묻고 싶었다. 하지만 우선 아버지의 결정에 따르는 수밖에 다른 도리가 없었다.

그날 저녁, 그녀는 쥘리엥에게 그때까지 결정이 난 모든 사항에 대해 말해 주었다. 이제 기병대 장교가 된 거나 마찬가지라는 말도 덧붙였다.

상상할 수도 없었던 막대한 재산의 주인이 되다니! 쥘리엥은 벅찬 감동을 억누를 수 없었다. 게다가 붉은 장교복을 입게 될 줄이야. 도무지 실감이 나지 않았다. 늘 나폴레옹의 용감한 행적을 동경해 왔던 제재소 집 아들이 드디어 필생의 야망을 이룬 것이다. 어디 그뿐인가. 든든한 가문을 등에 업고 드 라 베르네이라는 귀족의 이름까지 새로 얻어 군 생활을 시작하려는 참이었다. 그는 마틸드를 바라보며 생각했다.

'드디어 내 낭만적인 스토리도 이제 막바지에 다다랐어. 마침내 내가 원한 것을 가지게 되었다구! 결국은 자존심으로 똘똘 뭉친 이 매력적인 아가씨의 사랑을 얻어 내고 만 거야. 이 여자 아버지는 이 여자가 없으면 못 살고, 이 여자는 나, 쥘리엥이 없으면 못 살지.'

다음 날 아침, 말 두 필이 끄는 마차 한 대가 피라르 신부 집에 도착했다. 쥘리엥을 연대로 태우고 갈 마차였다. 신부는 후작이 선물로 준 이십만 프랑을 쥘리엥에게 건네주었다.

"후작은 자네가 일 년 안에 이 돈을 다 쓸 거라고 생각하더군. 사람들이 손가락질하리라는 것도 모르고 말이지."

지나치게 많은 돈은 죄의 근원이 될 뿐이라고 믿고 있는 피라르 신부가 말했다. 신부는 지방 관청과 합의해 쥘리엥을 귀족 태생으로 인정하는 절차도 모두 끝났다고 덧붙였다.

스트라스부르에 도착한 쥘리엥은 주저없이 새 인생을 시작했다. 그가 속한 제15기병대가 거리 행진에 나섰을 때, 거리의 많은 여성들은 근사하게 생긴 청년의 모습을 넋을 잃고 바라보았다. 그 미남 청년은 '드 라 베르네이' 중위였다. 대열 앞쪽에 위치한 그는 인근에서 가장 훌륭한 말을 타고 있었는데, 그 값이 무려 육천 프랑이나 한다고 했다.

다른 장교들도 이 새로 온 인물에게 긍정적인 평가를 내렸다. 그의 엄격한 표정과 조용하면서도 자신감 넘치는 태도가 호감을 산 것이었다. 몸에 배어 있는 절도와 훌륭한 사격, 검술 솜씨에 칭찬이 자자했다. 어리다는 것 외에는 모든 것을 갖추었다는 평판을 얻을 정도였다. 기병 장교 제복을 입고 손에 칼을 들고 서 있는 그의 늠름한 모습에 누구라도 경탄을 금하지 못했다. 그는 어느 모로 보나 탄탄한 미래가 보장된 야심만만한 군인이었다.

그러던 어느 날 아침, 기마 훈련을 하고 있던 쥘리엥에게 드 라 몰 저택의 어린 하인이 편지 한 통을 들고 찾아왔다. 마틸드가 보낸 것이었다. 편지를 읽어 내려가던 그의 얼굴이 점점 창백해졌다.

모든 것이 끝났습니다. 될 수 있는 한 빨리 이리로 오세요. 연대의 허가 같은 건 받을 생각 말고 그냥 오세요. 파리에 도착하는 대로 우리 집 정원의 쪽문 근처에서 저를 기다리세요. 제가 나가서 다 말씀 드리겠어요. 당신이 정원 안으로 들어올 수 있도록 조치를 취해 두겠어요. 모든 게 끝난 것 같아요. 영영 말이에요. 하지만 저만 믿으세요. 당신은 제가 믿음직하고 충직한 사람이라는 걸 알게 될 거예요. 사랑해요.

쥘리엥은 곧바로 말을 타고 파리로 향했다. 가슴을 쥐어뜯는 듯한 불안감 때문에 긴 여행은 더없이 고통스러웠다. 드 라 몰 저택의 정원 입구에 도착한 시각은 새벽 다섯 시였다. 마틸드가 기다렸다는 듯이 나타나 그의 품으로 뛰어들었다.

"모든 일이 물거품이 됐어요. 아버지는 여길 떠나셨어요. 어디로 가셨는지 알 수 없어요. 이 편지만 남겨 놓구요. 자, 읽어 보세요."

쥘리엥은 눈물을 흘리는 그녀를 다독인 뒤, 후작이 남긴 편지를 읽기 시작했다.

나는 모든 것을 용서할 수 있다. 하지만 그놈이 귀족인 너를 의도적으로 유혹해 결혼할 계획을 세운 사실만은 용서할 수가 없다. 나는 너와 그자의 결혼을 절대로 허락하지 않을 것이다. 그자가 프랑스에서 멀리 떨어진 외국에 가서 살 수 있도록 경비를 대마. 나는 파리와 너희들이 지긋지긋하구나. 그 야비한 인간을 포기하지 않으면 안 된다. 나의 결정에 의심이 들거든, 한때 그놈의 고용인이었던 드 레날 부인에게서 온 이 편지를 읽어 보아라.

이 대목에서 쥘리엥은 놀란 표정으로 마틸드를 쳐다보았다.

"드 레날 부인의 편지는?"

"여기 있어요. 당신이 마음의 준비를 할 때까지 보여 드리고 싶지 않았어요."

쥘리엥은 깊게 숨을 들이마신 다음 편지를 읽기 시작했다.

저는 후작께 이 편지를 쓸 수밖에 없습니다. 세상 그 누구보다 도덕적이신 하느님께 용서받지 못할 죄를 지었으니까요. 후작께서는 한 청년의 품행에 대해 제게 물으셨습니다. 저는 그가 훌륭한 사람이라고 말씀드릴 수가 없습니다. 가엾은 영혼을 지닌 한없이 탐욕스러운 자이지요! 그는 자신에게 필요한 지위와 신분을 얻으려고 약하고 불행한 한 여자를 유혹했습니다. 그에게선 종교적 신념이라곤 전혀 찾아볼 수 없습니다. 그 사람은 가정교사로 성공하기 위해, 어느 집에서건 가장 영향력이 있는 여성을 유혹하겠노라고 작정한 사람입니다. 그의 유일한 목표는 그 집안의 주인과 재산을 좌지우지하는 것입니다.

(편지는 이런 식으로 여러 장에 걸쳐 이어졌다.)

여기저기 눈물이 번져 있는 그 편지는 드 레날 부인의 필체로 쓰여진 게 분명했다. 누가 보아도 꽤나 고심해서 쓴 내용임을 알 수 있었다.

편지를 다 읽고 난 쥘리엥이 말했다.

"당신 아버지를 원망하진 않겠습니다. 올바르고 현명한 판단을 하신 겁니다. 대체 어느 아버지가 저 같은 인간에게 귀한 딸을 주고 싶겠습니까? 전 떠나겠습니다. 부디 잘 있어요.”

쥘리엥은 말을 마치자마자 거리 쪽으로 달려갔다. 마틸드가 그를 뒤쫓아갔지만 이미 사라진 뒤였다.

쥘리엥은 베리에르로 향하는 첫 마차에 올랐다. 그리고 도착하자마자 무기 총포상에서 권총 두 자루를 샀다. 상점 주인은 그의 요구대로 탄알을 넣어 주었다.

교회 종이 미사 시작 시간을 알리고 있었다. 조용히 교회 안으로 들어간 쥘리엥은 드 레날 부인이 늘 앉는 의자 뒤에 섰다. 무릎을 꿇은 채 기도하고 있는 그녀의 옆모습이 보였다. 한때 자신을 열렬히 사랑했던 여인! 막상 그녀를 보자 그는 팔이 부들부들 떨려서 계획을 실행할 수 없었다.

“도저히 할 수가 없어. 몸이 움직이질 않아.”

그는 중얼거렸다. 바로 그때 드 레날 부인이 고개를 숙였다. 더 이상 그녀의 얼굴이 보이지 않았다. 쥘리엥은 그녀를 향해 방아쇠를 당겼다. 총알은 빗나갔다. 그는 두 번째 총알을 발사했다. 부인이 쓰러졌다.

제 13 장

최후 진술

날카로운 비명 소리가 교회 안을 가득 채웠다. 입구 쪽으로 사람들이 우르르 몰려 나갔다. 쥘리엥은 허둥거리는 그들을 따라 문 쪽으로 천천히 걸어갔다. 주위에 모여 있던 사람들이 그를 붙잡아 쓰러뜨렸다. 그는 곧 체포되었다. 그리고 베리에르 감옥에 갇혔다.

드 레날 부인의 부상은 심하지 않았다. 첫 번째 총알은 모자를 뚫고 지나갔고, 두 번째 것은 어깨를 관통했다. 총알이 어깨뼈를 부수기는 했지만 생명에는 전혀 지장이 없었다. 그런데 그녀는 담당 의사의 소견을 들은 뒤 오히려 더욱 고통스러워했다.

사실 드 레날 부인은 죽고 싶었다. 주임 신부가 드 라 몰 후작에게 그 끔찍한 편지를 쓰도록 강요했을 때부터 내심 죽음만을 생각하고 있었다. 쥘리엥을 잃은 슬픔만으로도 하루하루가 버거운 날들이었다. 그런데 거기에 원치 않는 편지를 썼다는 고통까지 겹치자 삶의 모든 의욕을 잃고 말았던 것이다. 하지만 스스로 목숨을 끊는 것은 하느님께 또다시 죄를 짓는 일이었다. 그래서 누군가의 손에 죽을 수 있기만을 바라고 있었던 것이다. 그때 다른 누구도 아닌 쥘리엥의 손에 죽었다면! 그녀는 그 편이 차라리 행복했을 거라 생각했다.

드 레날 부인은 하인 한 명을 감옥으로 보냈다. 하인은 간수들에게 돈을 주고 쥘리엥을 잘 대우해 달라고 부탁했다. 그 덕분에 쥘리엥은 특별 대우를 받게 되었다. 그는 간수가 넣어 준 펜과 종이로 마틸드에게 편지를 썼다. 그를 잊고 당장 새로운 삶을 시작하라는 내용이었다.

쥘리엥은 범죄의 대가로 죽음까지 각오하고 있었다. 곧 죽을 거라는 사실에 그동안 품어 왔던 야망들이 새벽별처럼 하나둘 가슴속에서 사라져 갔다. 죽음은 두렵지 않았지만, 자신의 인생이 이 끔찍한 결말을 위한 과정이었다는 것이 안타까웠다.

그는 철저히 모욕당한 대가로 살인을 시도했을 뿐이었다. 그것이 전부였다. 죽어 마땅하긴 하지만 누구에게도 빚진 것은 없다,고 그는 생각했다.

투옥된 첫날, 쥘리엥은 자신을 방문한 치안 판사에게 말했다.

"저는 계획적으로 살인을 저질렀습니다. 인정합니다. 저는 죽어 마땅한 사람입니다. 판사님께서는 망설이지 마시고 사형 선고를 내려 주십시오."

그런데 다음 날 담당 간수가 직접 쥘리엥에게 저녁 식사를 가져다 주면서 드 레날 부인이 완쾌될 것 같다는 소식을 전했다.

"아니, 뭐라구요! 부인이 죽지 않았다구요?"

깜짝 놀란 쥘리엥이 소리쳤다. 그는 간수가 한 말이 사실인지 아닌지 여러 번 확인했다. 쥘리엥은 간수가 가고 난 다음 침상에 쓰러져 흐느껴 울었다. 그것은 기쁨과 고마움에서 우러나오는 뜨거운 눈물이었다.

쥘리엥이 자신의 죄를 후회하기 시작한 것은 그때부터였다. 파리를 떠나 베리에르로 향하던 그 순간부터 줄곧 흥분 상태에 빠져 있던 그가 정신을 차린 것도 바로 그 순간이었다.

쥘리엥은 드 레날 부인이 살아 있다는 사실에 너무나 큰 안도감을 느꼈다. 그는 자신에게 찾아온 이 커다란 변화에 대해 곰곰 생각했다. 그리고 깨달았다. 그는 여전히 드 레날 부인을 사랑하고 있었던 것이다! 이제 그 깊은 사랑을 숨길 이유가 없었다. 쥘리엥은 그 순간부터 하느님의 존재를 진심으로 믿게 되었다. 프랑스 교회가 이기심에 눈이 먼 사람들 때문에 썩어 가고 있다 한들 그것은 그에게 별로 대수롭지 않은 일이었다.

쥘리엥은 그녀가 자신을 용서하고 다시 받아 줄지도 모른다

고 생각했다. 살고 싶었다. 그는 스위스로 탈출할 가능성까지 생
각해 보았지만, 불행하게도 그날 저녁 브장송으로 이송되고 말
았다.

그가 갇힌 곳은 성 안의 오래된 감옥이었다. 오래전 자신이 기
거하던 신학교의 독방에서 얼마 떨어지지 않는 곳이었다.

그런데 그곳에서 이상한 일이 일어났다. 더 넓은 세상에서 성
공해 보겠다는 야망을 훌훌 털어 버리자, 쥘리엥의 마음속에 불
현듯 낯선 평온이 찾아온 것이었다. 그는 이제 모든 것을 새로
운 눈으로 바라보게 되었다. 마틸드에 대해서는 거의 생각하지
않았다. 대신 밤낮으로 드 레날 부인을 떠올렸다. 그녀를 생각할
때마다 자신의 총알이 그녀의 목숨을 앗아 가지 않았다는 사실
이 너무나 다행스럽게 여겨졌다.

'신기한 일이야! 드 레날 부인이 드 라 몰 후작에게 보낸 그 편
지가 내 앞날의 행복을 영영 망쳐 놓았다고 생각했었지. 하지만
보름도 지나지 않은 지금, 그때 했던 걱정들이 하나도 떠오르지
않아. 아, 베리에르에서 적은 돈으로 조용히 살아가던 그때 나는
행복했는데, 정작 그 행복을 모르고 있었어. 어찌 됐든 삶은 계
속되고 있고, 이곳에서의 조용한 생활은 유쾌해. 귀찮게 구는 사
람도 없고. 지금 내게 필요한 것은 책뿐이야. 난 그것으로 만족
하겠어!'

쥘리엥 자신은 이처럼 평화롭게 지내고 있었지만, 다른 사람들은 그렇지 못했다. 그가 저지른 범죄와 투옥에 관련된 이야기는 이미 베리에르의 화젯거리가 되어 있었다.

쥘리엥을 처음 찾아온 사람은 셸랑 신부였다. 그는 예전보다 더 늙고 지쳐 보였다. 예전의 그 왕성했던 기력은 도무지 찾아볼 수 없었다. 앞에 있는 사람은 마치 셸랑 신부의 유령처럼 보였다. 그는 자식처럼 아꼈던 쥘리엥이 무서운 죄를 저질렀다는 사실에 할 말을 잃고 눈물만 흘렸다. 쥘리엥은 무기력해진 자신의 스승을 보며 비탄에 잠겼다.

며칠 뒤에는 푸케의 방문을 받았다. 이 선량한 청년은 친구의 불행이 마치 자신의 일인 양 진심으로 마음아파 했다. 그는 어떻게든 쥘리엥을 돕고 싶어 했다. 그래서 생각해 낸 계획은 자기의 전 재산을 팔아 간수를 매수한 뒤 쥘리엥을 탈출시키려는 것이었다. 쥘리엥은 그의 진심에 깊은 감동을 받았다. 이제 그의 촌스러운 말투며 품위 없는 태도는 아무런 문제가 되지 않았다. 미처 친구의 진가를 알아보지 못했던 지난날이 후회스러웠다. 후작의 저택에서 만났던 귀족 청년들이라면 그런 희생의 반조차 생각할 수 없었을 것이다.

실제로도 푸케는 쥘리엥을 돕기 위해 동분서주하고 있었다. 자기가 알고 있는 모든 사람을 찾아가 쥘리엥을 도울 수 있는 방법을 묻고 다녔다.

우연히도 푸케의 고객 가운데는 드 프릴레르 부주교도 있었다. 그는 신학교에서 쥘리엥의 시험 결과를 조작했던 영향력 있는 성직자였다. 드 프릴레르 신부는 푸케가 신학교 시절 이후로 쥘리엥이 어떻게 살아왔는지 자세히 이야기하자 흥미를 보였다. 그는 이 사건이 자신의 경력에 득이 될지를 따져 보기 시작했다. 그리고 진상을 알아내야겠다고 마음먹었다. 늘 자신을 못마땅해 하는 드 레날 부인의 약점을 들춰낼 수도 있고, 쥘리엥을 통해 드 라 몰 후작과 화해할 방법을 찾을 수도 있을 것 같았다. 그는 인내심을 가지고 기다려 보기로 했지만 오래 기다릴 것도 없었다.

그날 새벽, 동이 트자마자 또 다른 방문객이 감옥을 찾았다. 수용실 문이 열리자 시골 아낙네 차림을 한 여인이 그의 품 안으로 뛰어들었다. 마틸드였다. 그녀는 아버지의 입장을 난처하게 하고 싶지 않아 신분을 숨긴 채 미슐레 부인이라는 가명으로 찾아온 것이었다.

마틸드는 베리에르로 가던 도중에 쥘리엥의 소식을 들었다고 했다. 그녀는 쥘리엥이 보낸 편지는 정작 아무 도움도 되지 않았다면서 연인의 매정함을 나무랐다. 그러면서 쥘리엥의 행위는 범죄가 아니라 고결한 복수라고 말했다. 그녀는 이미 그를 용서한 뒤였다.

그러나 쥘리엥은 되레 그녀에게 쌀쌀맞게 굴었다. 편지에 당부한 대로 그녀가 행동하지 않는 데 화가 났던 것이다. 그러나 열정적으로 사랑을 표현하는 그녀를 쉽게 내칠 수가 없었다. 마음 깊은 곳에서는 마틸드의 사랑에 대한 의심이 자리하고 있었지만, 전과 마찬가지로 그녀의 매력에 끌리는 것도 사실이었다. 마틸드의 사랑에는 그가 경탄할 수밖에 없는 어떤 맹렬한, 그러면서도 고귀한 정신 같은 게 서려 있었다.

연인을 만난 기쁨은 잠시 접은 뒤, 마틸드는 쥘리엥의 얼굴을 유심히 살펴보았다. 쥘리엥은 자신의 연인으로서 갖춰야 할 조건 그 이상을 지닌 남자였다. 비극의 주인공 보니파스 드 라 몰보다 훨씬 더 낭만적이고 영웅적인 인물로 보이기까지 했다.

마틸드는 한순간도 망설이지 않았다. 감옥에서 나온 그녀는 연인을 무사히 파리로 데려올 수 있는 방법을 찾기 시작했다. 살인 미수죄로 재판을 받아야 할 쥘리엥을 위해서는 우선 배심원단을 유리하게 구성할 필요가 있었다.

그녀는 그 지방의 최고 변호사들을 모두 만났다. 그들에게 일반적인 관행보다 더 노골적으로 금전 공세를 취했다. 하지만 그들에게서 실질적인 도움을 받기는 어려워 보였다. 그녀는 곧 배심원과 관련해 직접적인 영향력을 행사할 수 있는 사람은 단 한 사람뿐이란 것을 알아내었다. 그의 이름은 드 프릴레르였다.

마틸드는 주저 없이 그를 만나러 갔다. 더 정확하게 말하자면, 그녀는 브장송에서 드 프릴레르 부주교의 면담 허락을 일주일이나 기다린 다음에야 비로소 그를 만날 수 있었다. 그러나 아무리 용감한 여자라 해도 프랑스 교회의 세력가를 상대하는 일이 아무렇지 않을 순 없었다.

드 프릴레르 신부의 집은 화려하고 사치스러운 가구들로 꾸며져 있었다. 그는 온화한 미소를 띠며 마틸드를 맞았다. 그녀는 그가 교양 있는 성직자, 귀족의 품위와 능력을 갖춘 행정가의 모습을 두루 갖추고 있다는 인상을 받았다. 드 프릴레르 신부는 마틸드가 자신의 오랜 적수인 드 라 몰 후작의 딸이라는 사실에 적잖이 놀랐다.

"저는 미슐레 부인이 아닙니다. 저는 드 라 베르네이 씨의 석방 가능성을 신부님께 의논 드리러 왔습니다."

그는 쥘리엥의 석방을 도와 달라는 그녀의 호소를 귀담아 들었다. 이야기가 진행되어 갈수록 드 프릴레르 신부의 얼굴에는 선량한 표정 대신 교활함이 어리기 시작했다. 마틸드는 그가 야심으로 똘똘 뭉친 사람이라는 것을 금세 눈치챘다.

그녀는 일부러 드 페르바크 부인의 이름을 언급했다. 그러자 그는 바로 자세를 고쳐 앉았다. 드 페르바크 부인이 프랑스의 주교 선출을 좌지우지할 수 있는 인물이라는 것을 알고 있었던 것이다. 그는 막연히 먼 미래의 일로만 생각해 오던 자신의 소원이 이 사건 덕분에 머지않아 이루어질 거라는 예감에 몸을 떨었다.

드 페르바크 부인의 이름에 드 프릴레르 신부가 민감하게 반응한다는 것을 확인한 마틸드는 마침내 쥘리엥을 도울 방법을 찾아냈다는 자신감을 얻었다. 한때 연적이었던 부인에게 아직도 질투심이 남아 있긴 했지만, 쥘리엥을 위해서라면 아무래도 상관없었다.

드 프릴레르 신부는 자신이 이 지역에서 매우 큰 영향력을 가지고 있다는 것을 아예 드러내 놓고 자랑했다. 무죄 평결을 내리는 일 정도는 식은 죽 먹기라고도 덧붙였다. 게다가 쥘리엥과 드 레날 부인의 연애 사건도 이미 다 알려져 있어 모두 흥미로워 하고 있으니 문제 될 것이 없다고 말했다.

드 프릴레르 신부는 갑자기 입을 다물었다. 자기 말에 마틸드가 불에라도 덴 것처럼 깜짝 놀라는 기색을 보였기 때문이다. 그가 보기에 마틸드는 이 연애 사건에 관해서는 아무것도 모르고 있는 것이 분명했다.

대화의 주도권은 드 프릴레르 신부에게 넘어갔다. 잔인하게도 그는 마틸드의 감정을 이용했다. 그는 쥘리엥이 드 레날 씨의 집에서 가정교사로 지내던 당시의 생활에 대해 상세히 말해 주었다. 불쌍한 마틸드는 충격에 휩싸인 채 묵묵히 앉아 끝까지 그의 이야기를 들었다. 꿈에도 짐작하지 못한 일이었다. 그러나 흔들리는 모습을 보여선 절대 안 되었다. 마틸드는 냉정을 잃지 않으려 애썼다. 그녀는 배심원 문제를 돕겠노라는 그의 확언을 들은 다음에야 자리에서 일어났다.

마틸드는 쥘리엥을 아주 조심스럽게 대했다. 과거 문제로 다그쳐서는 안 된다는 것을 직감적으로 느꼈기 때문이다. 또한 자신이 벌이고 있는 일에 대해서도 입을 다물었다.

마틸드의 등장은 쥘리엥의 생활을 다시금 흔들어 놓았다. 그는 그녀의 방문이나 대화에 따분함을 느꼈다. 분명 그녀는 자신을 위해 파멸의 길을 걷고 있었다. 그런데도 마음조차 줄 수 없는 자기 자신이 쥘리엥은 비열하게만 느껴졌다.

마틸드 역시 사태의 진상을 뚜렷하게 깨닫고 있었다. 자신과 쥘리엥의 관계가 생각과 달리 그다지 낭만적이지 않았던 것이다. 그렇다고 넋 놓고 있을 수만은 없는 노릇이었다. 그녀는 연인이 목숨을 잃을지도 모르는 상황에서 느끼는 고통과 두려움 속에서도, 자신의 열정적인 사랑이 어떤 기적을 일으키는지 대중에게 보여 주고 싶었다. 그래서 그들을 깜짝 놀라게 해 주고 싶었다. 심지어 쥘리엥을 구하기 위해 민중 폭동을 일으키는 상상까지 해 보았다. 정작 쥘리엥이 원하는 것은 작은 애정이었다. 그러나 마틸드는 여론의 호응을 얻어 그를 영웅으로 만들려 했던 것이다.

어느 날 쥘리엥은 수용실에서 나가는 마틸드의 뒷모습을 보며 생각했다.

'두 달 전만 해도 열렬히 사랑했던 이 여자에게 이렇게 무감각해지다니! 이젠 혼자 있을 때가 오히려 더 행복하다. 나는 어쩌면 이다지도 이기적이고 배은망덕한 인간이란 말인가.'

하지만 야심의 불길이 사그라든 자리에는 다른 열망의 불씨가 피어오르고 있었다. 그것은 바로 드 레날 부인이었다. 그는 그녀가 몹시 그리웠다. 방에 혼자 있을 때면 베리에르와 베르지에서의 시절이 주마등처럼 스쳐 지나갔다. 그녀와의 아름다웠던 기억을 하나둘 떠올리는 일은 그의 일상에서 가장 행복한 시간이었다.

마틸드는 쥘리엥의 그런 마음을 진즉 눈치채고 있었다. 그녀는 얼굴 한 번 본 적 없는 그 여자에 대한 질투심에 사로잡혔다. 이 감정은 쥘리엥을 향한 사랑을 더욱 뜨겁게 달구었다. 그녀의 마음속에 걷잡을 수 없을 열정이 다시금 솟구쳤다.

며칠 뒤 쥘리엥은 마틸드에게 모든 걸 털어놓기로 마음먹었다.

"당신에게 한 가지 부탁이 있습니다. 우리 아기가 태어나면, 베리에르에서 유모를 구해 돌보도록 했으면 합니다. 유모를 챙기는 일은 드 레날 부인이 해 줄 겁니다."

"어쩜 그리 가혹한 말을 할 수가 있죠?"

"그래요, 당신 생각이 맞아요. 당신에게 뭐라고 용서를 구해야 할지 모르겠습니다."

쥘리엥은 미안한 마음에 눈물을 흘리며 그녀를 얼싸안았다. 마틸드에겐 분명 잔인한 일이었다. 하지만 그는 끝까지 얘기를 해야겠다고 결심했다.

"부디 제 뜻을 이해해 줘요. 제가 재판에 져서 사형 선고를 받을 경우, 당신은 반드시 재혼해야 합니다. 제 말대로 하지 않는다면, 전 남편의 아이는 괄시와 천대 속에서 불행한 날들을 보낼 겁니다."

그러고는 이렇게 덧붙였다.

"오랜 시간이 흐른 뒤, 당신은 분명 제게 느꼈던 사랑을 미친 짓이었다고 생각하게 될 겁니다. 열정은 기나긴 인생의 짧은 사건일 뿐이에요."

말을 마친 쥘리엥의 머릿속에 문득 어떤 생각 하나가 떠올랐다. 그러나 입 밖으로 내진 않았다.

'십오 년이란 세월이 지났을 때 드 레날 부인은 여전히 내 아이를 사랑하고 있을 테지만, 당신은 그 애를 잊게 될 겁니다.'

이야기가 끝나자 두 사람 사이에는 긴 침묵이 흘렀다. 마틸드는 슬픈 표정으로 수용실을 나갔다.

마틸드가 고용한 변호사가 쥘리엥을 찾아왔다. 마틸드는 재판에서 승소하기 위해 무던히 애를 쓰고 있었다. 정작 쥘리엥 자신만 재판에 관심이 없었다. 그는 고요 속에 몸을 맡긴 채 아무것도 하지 않으려 들었다.

변호사는 쥘리엥이 일시적인 정신 이상으로 범죄를 저지른 것을 입증해 주겠다고 했다. 진실이야 어찌 됐든 그런 진술이

유리하다는 것이었다. 쥘리엥은 화를 내며 단호히 거부했다. 변호사와 만나는 것 자체가 시간 낭비처럼 여겨졌다.

결정의 순간이 다가오고 있었다. 쥘리엥의 사건을 모르는 이는 아무도 없었다. 프랑스 전체가 그 얘기로 떠들썩했다. 푸케나 마틸드가 항간에 떠도는 희망적인 소식이라도 전하려 하면 쥘리엥은 화부터 내었다.

"부탁하건대 지금의 내 생활을 방해하지 말아 줘. 그런 세속의 이야기들은 내 기분을 망치기만 할 뿐이야. 나는 내 방식으로 죽을 거야. 남들이 뭐라 하든 아무 상관없어."

그러고는 다시 혼자만의 세계로 빠져들었다. 그의 생각은 늘 드 레날 부인과 함께 했던 베르지로 달려가곤 했다. 이런 꿈을 꾸면서 생을 마감할 수 있게 된 자신의 운명이 행복하기만 했다.

'참 이상한 일이지. 인생의 종말이 다가오는 순간이 되어서야 비로소 인생을 즐기는 기술을 터득하게 되었으니 말이야.'

이렇듯 쥘리엥의 마음이 현실 세계와 동떨어져 있는 동안에도 마틸드는 낙담할 시간이 없었다. 그녀는 자신이 가진 지혜와 용기를 십분 발휘하고 있었다. 한 달 가까이 애를 쓴 끝에 결국 그녀는 드 페르바크 부인과 드 프릴레르 신부가 직접적으로 서신을 주고받을 수 있게 하는 데 성공했다. 편지글 속에서 '주교'라는 핵심적인 단어가 발견될 정도로 일은 빠르게 진척되었다. 그 단어는 마법 같은 효력을 발휘했다. 드 프릴레르 신부는 흥분해서 어쩔 줄을 몰랐다.

배심원을 선정하는 일은 언제나 복잡 미묘했다. 일단 서른여섯 명을 뽑은 다음, 거기에서 다시 열두 명을 뽑는 추첨제였기 때문이다. 드 프릴레르 신부는 서른여섯 명의 명단과 배심원 추첨 결과를 미리 알아보았다. 자신의 부하나 다름없는 사람이 여덟 명이나 포함되어 있었다. 발르노 씨의 이름도 보였다. 얼마든지 손을 쓸 수 있는 상황이었다. 발르노 씨가 베리에르 시장이 되는 데 결정적인 역할을 한 사람이 바로 드 프릴레르 신부였다. 그는 발르노 씨를 아주 믿을 만한 사람으로 여기고 있었다.

걸림돌이 될 만한 건 아무것도 없었다. 쥘리엥을 구할 수 있을 게 분명했다. 드 프릴레르 신부는 마틸드를 안심시켰다.

"이 배심원들은 확실한 내 사람들입니다. 내 '도구'나 마찬가지지요."

지역 신문들은 배심원의 명단에 관한 기사로 가득 차 있었다. 그 기사들을 누구보다 꼼꼼히 살펴본 사람은 다름 아닌 드 레날 부인이었다. 서른여섯 명의 명단을 확인한 그녀는 아침 식사 자리에서 남편에게 자신의 결심을 알렸다. 브장송에 가겠다는 것이었다. 놀란 남편은 쥐고 있던 빵을 천천히 내려놓으며 그녀를 빤히 바라보았다.

한때 베리에르의 시장이었던 드 레날 씨는 거의 간청하다시피 말했다.

"제발 내 입장을 한번 생각해 보시오. 발르노란 작자가 드 프릴레르와 손을 잡고 나를 못살게 굴려고 별별 못된 짓을 다 할 거요."

드 레날 부인은 사회적 처신에 관한 지루한 훈계를 한참이나 들어야 했다. 그녀는 남편에게 사람들 앞에 나서는 일은 절대 하지 않겠다고 순순히 약속했다. 그렇다고 해서 그녀의 마음이 바뀐 것은 아니었다. 그녀에겐 나름의 계획이 있었다. 그녀는 브장송에 도착하자마자 배심원 명단에 오른 서른여섯 명 모두에게 직접 편지를 써 보냈다.

제가 나타나면 소렐 씨에게 불리한 판결이 나지 않을까 걱정되어 재판 당일에는 법정에 나가지 않을 생각입니다. 저에게 단 한 가지 간절한 소원이 있는데, 그것은 소렐 씨의 무죄 석방입니다. 그는 극도의 우울증으로 잠시 착란 상태에 빠져 있었던 것뿐입니다. 하지만 그는 해박한 지식과 놀라운 재능을 가진 비범한 청년입니다. 베르지와 베리에르에서 그를 알고 지낸 사람은 누구라도 그 말에 동의할 것입니다. 그가 저를 공격한 일 때문에 처형장으로 끌려간다는 것은 너무 끔찍한 일입니다. 저 때문에 무고한 사람이 죽게 되는 걸 원치 않습니다. 그 청년을 처벌하는 것은 저를 위한 복수가 아닙니다. 그것은 오히려 제게 죽음을 가져오는 결과가 될 것입니다. 부디 그가 계획적으로 죄를 범한 것이 아니라고 주장해 주십시오. 원하신다면 제가 배심원님들의 발밑에 무릎을 꿇겠습니다.

편지 얘기가 순식간에 온 도시에 퍼진 것은 당연한 일이었다. 사람들의 관심은 실로 대단했다. 뭐라 해도 이 사건은 최근 몇 년 동안 브장송에서 일어난 일 가운데 가장 흥미로운 사건이었다.

마침내 재판 날이 잡혔다. 며칠 전부터 브장송에서 비어 있는 여관방을 구하기란 불가능했다. 재판을 보러 몰려든 사람들로 방이란 방은 모두 꽉 차 있었다. 거리에서는 쥘리엥의 초상화를 팔았다. 브장송의 모든 여자들은 법정의 좌석표를 얻으려고 필사적으로 노력했다.

드디어 재판 날이 되었다. 드 레날 부인은 배심원들에게 보낸 편지가 효과를 발휘할 수 있도록 간절히 기도했다. 마틸드는 프랑스 대주교의 친필 편지 한 통을 드 프릴레르 신부에게 보여 주었다. 쥘리엥의 무죄 방면을 요청하는 서한이었다. 드 프릴레르 신부는 가능한 조처는 다 취해 놓았다고 장담한 뒤 발르노 씨를 믿어도 된다고 몇 번이나 강조했다.

"배심원 평결은 의심할 여지가 없습니다. 그 사람들 가운데 여섯 명이 내 친구들입니다. 발르노 시장이 어수룩한 배심원들을 조종해 올바른 결정을 내릴 수 있게 할 겁니다. 그 사람은 내 뜻을 알고 있지요. 그것을 거스를 리 없습니다."

"발르노 씨가 어떤 분이죠?"

마틸드가 불안해 하며 물었다.

"당신도 그 사람을 안다면 성공을 의심치 않을 겁니다. 뻔뻔하고 야비한 인간이죠. 그는 자신이 마음먹은 대로 재판 결과를 만들어 낼 수 있는 사람이니 걱정할 필요 없습니다."

드 프릴레르 신부의 호언장담에도 불구하고 결과가 어떻게 될지는 아무도 알 수 없었다. 그 점 때문에 사람들의 관심은 더욱 높아만 갔다.

재판 날 아침, 아홉 시가 되자 헌병들이 쥘리엥을 데리고 법정에 도착했다. 쥘리엥은 배심원 맞은편에 자리를 잡고 주변을 둘러보았다. 방청석은 젊고 아리따운 여인들로 가득 차 있었다. 입구에서 서로 들어가겠다고 아우성치는 사람들 때문에 장내는 몹시 소란스러웠다. 그러나 쥘리엥은 아주 평온한 기분이었다.

쥘리엥이 들어서자 방청석은 찬물을 끼얹은 듯 일순간 조용해졌다. 얼굴빛이 창백하고 많이 야위어 보였지만, 더없이 젊고 잘생긴 청년이었다. 한동안 여자들은 숨을 죽이고 앉아 쥘리엥의 얼굴만 물끄러미 바라보았다.

쥘리엥은 방청석에서 드 레날 부인의 사촌인 데르빌르 부인을 발견했다. 그것이 마음에 걸렸다.

'데르빌르 부인은 여기서 나가자마자 드 레날 부인에게 편지를 쓰겠지.'

쥘리엥은 드 레날 부인이 브장송에 와 있다는 사실을 전혀 모르고 있었다.

검사의 논고가 시작되었다. 오후 늦게까지 이어진 논고의 내용은 쥘리엥의 변호사가 거의 예측한 대로였다. 변호사의 변론은 저녁까지 이어졌다. 일은 쥘리엥에게 유리한 쪽으로 진행되고 있었다. 변론이 시작된 지 몇 분 되지 않아 부인들은 손수건을 꺼내 눈물을 훔쳤다. 변호사는 법정에 앉아 있는 여인들의 감정을 노골적으로 이용하고 있었다. 쥘리엥은 조금씩 화가 나기 시작했다. 자존심이 상했다. 한 번은 자기를 바라보고 있던 발르노 씨와 눈이 마주쳤다. 마음 깊은 곳에서 솟구치는 증오심을 도저히 다스릴 수 없었다.

'나쁜 인간! 이걸 죄다 즐기고 있는 거 아냐?'

베르지에서 보낸 시간과 그곳에서 돌아와 몇 달 동안 베리에르에서 지내던 때가 떠올랐다. 발르노 씨를 비롯해 시내의 다른 잘난 집안들에 대해 품었던 경멸감도 생각났다.

'저들은 자기네 인생과 재산을 만족스럽게 여겼을지는 몰라도 진정한 멋이나 품격은 부족했어. 또 돈자랑은 얼마나 해댔던

가! 세상에 우리처럼 가난한 사람들도 있다는 사실을 모르는 척
하느라고 무척이나 애를 썼었지!'

변론이 끝나자 주변에서 환호성이 터져 나왔다. 커피와 케이
크가 법정 안으로 들어왔다. 재판이 길어져 저녁 식사 시간이
한참 지나 있었지만, 법정 안의 부인들은 대부분 자리를 뜨지
않았다.

재판장이 재판 내용을 요약하기 시작했다. 판사의 말이 다 끝
나기도 전에 브장송의 시계가 자정을 알렸다. 피고인이 최후 진
술을 하지 않는다면 이것으로 재판은 끝이었다. 재판장이 덧붙
일 말이 있느냐고 물었다. 쥘리엥은 자리에서 벌떡 일어섰다. 그
러고는 자신의 죄를 털어놓기 시작했다.

"배심원 여러분, 여러분께서 제게 필요 이상의 연민을 느끼실
까 두렵습니다. 그래서 말씀드립니다. 저는 여러분과 같은 훌륭
한 계급을 갖지 못했습니다. 보시다시피 미천한 지위에서 벗어
나려 안달했던 천한 시골뜨기일 뿐입니다. 분명히 말씀드리지
만, 저는 여러분께 자비를 구하고 싶지 않습니다."

쥘리엥의 목소리는 점점 높아져 갔다.

"저는 끔찍한 범죄를 저질렀고, 그것은 전적으로 계획된 것이
었습니다. 죽음이 저를 기다리고 있고, 제가 벌을 받는 것은 당
연합니다. 저는 제게 어머니와도 같았던 훌륭한 인격을 지닌 드
레날 부인의 생명을 빼앗을 뻔했습니다. 설사 제가 죽을죄를 저

지르지는 않았다 하더라도 우리가 인정해야 할 것은, 배심원 여러분께서 저를 절대 무죄 석방하실 수는 없을 것이라는 사실입니다. 여러분은 저를 본보기로 삼고 싶어 합니다. 가난에 시달리면서도 다행히 좋은 교육을 받았고, 상류 계급과 섞일 수 있으리라 기대하는 다른 미천한 청년들의 기를 꺾어 놓고 싶어 하는 것이죠. 그것이 바로 저의 죄입니다. 여러분들 가운데 저와 같은 미천한 집안의 삶에 대해 조금이라도 아시는 분은 아무도 없을 겁니다. 여러분은 그저 자신을 위해서 살고 자신의 사회적 지위를 지키려 하는 중산 계급의 사람들일 뿐입니다. 저와 같은 계급의 동료들에게 판결받지 못하는 만큼 저는 더욱더 준엄한 심판을 받게 될 겁니다."

비슷한 얘기가 길게 이어졌다. 그는 마음속에 품고 있던 모든 이야기를 털어놓았다. 변호사도 그의 말을 막지 못했다. 여자들은 모두 눈물을 펑펑 쏟았다. 쥘리엥이 드 레날 부인을 향한 존경과 뜨거운 마음을 고백하며 최후 진술을 끝냈을 때, 데르빌르 부인은 외마디 소리를 내지르며 정신을 잃고 말았다.

쥘리엥의 연설은 큰 감동을 일으켰다. 자리를 뜨는 여자는 한 사람도 없었다. 이 청년은 도무지 기본적인 생존의 법칙도 모르는 듯했다. 남자들 가운데에도 훌쩍거리는 이들이 있었다. 배심원단이 토의실로 물러갔다. 배심원들이 나가자 재판정 안은 열띤 토론으로 왁자지껄했다. 하지만 결정의 시간이 가까워 오자 모두들 언제 그랬냐는 듯 입을 다물고 숨을 죽였다.

마침내 배심원실의 작은 문이 열렸다. 드 발르노 남작이 잔뜩 힘이 들어간 과장된 걸음걸이로 앞장서 걸어 나왔고, 나머지 배심원들이 뒤를 따랐다. 남작은 헛기침을 한 뒤, 쥘리엥 소렐의 계획적인 살인 미수 범죄에 대해 배심원은 만장일치로 유죄를 평결한다고 선언했다. 이 평결은 사형을 요구하는 것이었다. 곧이어 재판장이 사형을 선고했다. 참수형이었다. 쥘리엥은 회중시계를 보았다. 2시 15분이었다.

'오늘은 금요일이지. 사흘 뒤엔 모든 것이 끝이겠구나.'

쥘리엥의 머릿속에 떠오른 것은 오직 그것뿐이었다.

순간 비명 소리가 들려왔다. 울고 있던 여자들이 일제히 재판정 돌기둥 뒤의 작은 발코니 쪽으로 고개를 돌렸다. 마틸드였다. 그녀는 하루 종일 그 발코니에 숨어 있었던 것이다. 다시 침묵이 흘렀다. 더 이상 비명 소리가 들리지 않자 헌병들이 쥘리엥을 데리고 재판정 밖으로 나갔다.

쥘리엥은 자기를 바라보고 있던 발르노 씨를 노려보았다. 그에게 웃음거리가 되고 싶지 않았다. 그가 안타깝다는 표정을 지으며 사형 선고를 내리는 꼴이 몹시 못마땅했다. 오래전 드 레날 부인을 두고 연적 관계에 있던 일을 복수하려는 듯이 느껴졌던 것이다. 그를 단죄하는 오늘이 발르노 씨에겐 너무나 통쾌하고 행복한 날임이 분명했다. 그러나 이제 그에 대한 미움도 끝

이었다. 다만 드 레날 부인과 마지막 작별도 없이 떠나게 되었
다는 것이 못내 아쉬울 뿐이었다. 그녀에게 자신의 후회스러운
마음을 조금이라도 전할 수 있다면 더 이상 바랄 것이 없었다.

제 14 장

열정이 지나간 자리

간수들은 쥘리엥을 전과 다른 수용실에 가두었다. 그곳은 사형수만 따로 가두어 놓는 방이었다. 쥘리엥은 누더기 같은 담요를 머리 끝까지 뒤집어쓰고 잠을 청했다. 하지만 그럴수록 정신은 더욱 또렷해졌다.

그는 밤새 지난날의 기억들을 하나하나 떠올려 보았다. 그런데 신기하게도 자기 안에 두 개의 존재가 저마다의 목소리로 대화를 나누고 있는 것이 아닌가. 한 존재가 살아서 누릴 수 있는 찬란한 영광들을 떠올리면, 어디선가 다른 존재가 불쑥 나타나 사흘 뒤면 단두대에 오를 신세라는 것을 일깨워 주었다.

아침이 되자, 누군가가 어깨를 흔들며 그를 깨웠다.

"뭐요, 벌써!"

사형 집행인일 거라 생각한 쥘리엥은 잠에서 덜 깬 목소리로 나직이 부르짖었다. 마틸드였다. 그녀는 오랫동안 앓아누웠던 사람처럼 초췌하게 변해 있었다. 누구인지 알아보기 힘들 정도였다.

"프릴레르! 그 사기꾼이 날 속였어요."

그녀는 허공에 대고 주먹을 불끈 쥐며 말했다. 너무 화가 나서 눈물도 나오지 않는 모양이었다.

"어젯밤 제 최후 진술 말입니다. 정말 멋지지 않았습니까? 하고 싶은 말을 속 시원히 했어요. 난생처음 말입니다! 아쉽게도 그게 마지막이겠지만."

쥘리엥은 엉뚱한 얘기로 말을 돌렸다.

"당신도 알다시피 전 훌륭한 혈통을 타고나지 못했어요. 하지만 요즘처럼 제 자신이 근사해 보인 적은 없었어요. 다 당신 덕분이에요. 당신의 위대한 영혼이 저를 여기까지 끌어올린 거라구요."

마틸드는 밤새 울어 빨갛게 충혈된 눈으로 그를 바라보았다. 쥘리엥은 마틸드를 꼭 껴안았다. 잠시라도 그녀를 안심시키고 싶었다. 하지만 마음속에서는 자꾸 드 레날 부인의 모습이 떠올랐다. 그녀가 마틸드의 처지였다면 과연 어떻게 했을까?

마틸드는 다 죽어 가는 목소리로 되풀이해 말했다.

"그분이 옆방에 와 있어요."

"누가 와 있다는 겁니까?"

"변호사 말이에요. 항소하는 것을 도와줄 거예요."

"전 항소하지 않을 겁니다."

"뭐라구요? 안 한다구요? 도대체 왜요?"

그녀가 분노에 찬 눈을 부릅뜨며 소리쳤다.

"지금 이 순간, 전 아무 미련 없이 죽을 수 있을 것 같습니다. 그런 용기가 생겼어요. 하지만 이 좁고 축축한 방에서 두 달을 지내고 나면 제 마음이 어떻게 변할지 누가 알겠습니까? 변호사들이며 신부들을 지겹도록 만나야 할 테고, 나중엔 아버지까지 만나야 할지 몰라요. 그건 너무나 끔찍한 일입니다. 생각조차 하기 싫어요. 이대로 죽을 수 있도록 제발 절 내버려 둬요."

생각지도 못했던 상황에 닥치자, 마틸드는 자기도 모르게 예전 성격을 드러냈다. 그렇지 않아도 배신한 드 프릴레르 신부를 만나지 못하고 온 것이 분하던 참이었다. 언젠가 드 라 몰 저택의 서재에서 그랬던 것처럼, 그녀는 분을 삭이지 못하고 욕설을 퍼부었다. 어느새 그녀는 오만하고 자존심 강한 마틸드로 돌아가 있었다.

그녀가 길길이 날뛰는 동안, 쥘리엥은 침대에 걸터앉아 몽상에 빠졌다. 사형이 집행된 다음 날, 드 레날 부인이 신문을 받아 들고 침대에 누운 채로 자신에 관한 기사를 읽는 모습을 떠올려

보았다.

'부인은 '그의 숨이 끊어졌다'라는 구절까지밖에는 차마 읽지 못할 거야. 그리고 서럽게 울겠지. 내 죽음을 진정 슬퍼할 사람은 그녀뿐이야. 내가 죽이려고 한 그 여자가 말이지. 이 얼마나 큰 모순인가.'

쥘리엥을 설득하는 데 실패한 마틸드는 변호사를 불러들였다. 그는 나폴레옹 군대에서 대위로 복무한 적이 있는 사람이었다. 그 사실을 알게 된 쥘리엥은 그를 진심으로 반겼다. 두 사람은 한 시간 동안이나 나폴레옹과 나폴레옹의 전투에 관해서 이야기를 나눴다. 물론 변호사는 형식적으로나마 사형수의 항소 포기를 만류했다. 그러나 쥘리엥의 생각도 존중해 주었다.

한 시간쯤 지났을까. 깜빡 잠이 든 쥘리엥은 자신의 손에 누군가의 뜨거운 눈물이 떨어져 흘러내리는 것을 느꼈다.

'아, 마틸드가 또 왔나 보군. 내 결심을 돌려놓겠다고 다짐하더니 그 말대로 다시 온 거야.'

그는 공연한 입씨름을 하기 싫어 부러 눈을 뜨지 않았다. 잠시 뒤 흐느낌 소리가 들렸다. 마틸드의 목소리가 아니었다. 고개를 돌려 보니 드 레날 부인이 눈앞에 서 있었다.

"아, 죽기 전에 당신을 다시 보게 되는군요! 정말 당신인가요? 이게 꿈은 아니겠죠?"

쥘리엥은 그녀의 발밑으로 몸을 던지며 부르짖었다. 그러고는 계속 말을 이었다.

"잘못했습니다. 용서해 주세요. 제발 용서해 주세요. 부인께는 제가 한낱 살인자로밖에 보이지 않으시겠지만요."

"쥘리엥, 난 당신에게 항소하라는 부탁을 하러 왔어요. 당신이 원하지 않는 줄은 알지만……."

그녀는 목이 메어 잠시 동안 아무 말도 하지 못했다. 쥘리엥은 다시 용서를 빌었다.

"저를 용서해 주십시오."

"내가 용서하기를 바란다면 당장 항소하세요!"

그녀는 그를 껴안으며 말했다. 쥘리엥은 그녀에게 뜨거운 입맞춤을 퍼부었다.

"그럼 상소하는 두 달 동안 매일 저를 찾아와 주실 건가요?"

쥘리엥의 물음에 드 레날 부인은 고개를 끄덕이며 말했다.

"그렇게 하겠어요. 맹세해요. 남편이 방해하지만 않으면 매일 올게요."

"그럼 항소하겠습니다! 당신이 절 용서해 주신다니! 정말인가요?"

그는 부인을 있는 힘껏 꽉 껴안았다. 그 힘이 어찌나 강했는지 부인은 나지막한 비명 소리를 냈다.

"괜찮아요. 너무 세게 껴안아서 그래요."

"아, 어깨가 아프셨군요. 죄송해요."

쥘리엥이 눈물을 흘리며 말했다. 그는 뒤로 조금 물러선 다음 부인의 손에 오래도록 입을 맞췄다.

"베리에르에서 부인을 마지막으로 봤을 때, 이렇게 되리라고 는 상상조차 못했습니다."

"나도 드 라 몰 후작에게 그처럼 부끄러운 편지를 쓰게 되리 라고는 상상조차 못했어요."

"부인께 이렇게 말씀드리고 싶어요. 전 언제나 부인을 사랑했 었다고. 그리고 부인 외에는 그 어떤 사람도 사랑하지 않았다고 말입니다."

"그게 진정 사실인가요?"

드 레날 부인은 기쁨을 억누르지 못하고 소리쳤다. 그녀는 몸 을 구부려 무릎을 꿇고 있는 쥘리엥을 껴안았다. 두 사람은 오 랫동안 한마디 말도 없이 함께 울기만 했다. 쥘리엥에게 있어 이 순간과 같은 경험은 난생처음이었다.

시간이 한참 흐른 뒤 드 레날 부인이 입을 열었다.

"그런데 그 젊은 미슐레 부인 말이에요. 사람들이 말하는 그 이상한 연애 이야기는 뭐죠? 나는 그걸 사실로 믿었어요."

"겉으로만 본다면 거짓은 아닙니다. 결혼까지도 계획했으니 까요. 하지만 그 아가씨는 하느님이 정해 주신 저의 반려자는 아니었습니다."

두 사람은 그동안 서로에게 일어났던 많은 일들을 마치 씨줄과 날줄처럼 엮어 가며 오랜 시간 주고받았다. 쥘리엥은 베리에르를 떠난 뒤의 파리 생활에 대해, 그리고 마틸드와 관계된 일에 대해 남김없이 털어놓았다. 부인은 아이들과 함께 지낸 생활, 그리고 새로 온 고해 신부가 그 비극적인 편지를 쓰게 만든 경위 등을 얘기해 주었다. 쥘리엥은 부인이 자신을 진심으로 용서했다는 것을 느낄 수 있었다. 헤어지기 전, 두 사람은 마지막으로 서로의 사랑을 확인했다. 그리고 매일 감옥에서 만날 것을 약속했다.

그런데 누군가가 친절하게도 부인이 감옥을 찾아가 오랜 시간을 보내고 간다는 사실을 드 레날 씨에게 알려 주었다. 사흘 뒤 드 레날 씨는 부인에게 마차를 보내 당장 집으로 돌아오라고 명령했다.

부인과의 뜻하지 않은 이별은 쥘리엥에게 재앙과도 같았다. 이제 질투심으로 거의 미쳐 버린 마틸드를 매일 만나야 할 판이었다. 그녀는 재판의 평결을 뒤집기 위해 드 프릴레르와 일을 꾸미고 있다는 사실을 쥘리엥에게 털어놓았다. 그리고 발르노 씨가 재판 당일 이미 지사 임명장을 받았기 때문에 드 프릴레르를 무시하고 사형 평결을 내린 것이라고 알려 주었다. 또 발르노 씨가 자신들을 해하기 위해 꾸민 음모와 속임수에 대해서도 덧붙였다. 마틸드의 이야기를 모두 듣고 난 쥘리엥은 그의 비열함에 구역질이 날 지경이었다. 쥘리엥은 자신을 제발 가만히 놔

두라며 마틸드에게 불같이 화를 내었다.

이튿날에는 더욱 불쾌한 사건이 기다리고 있었다. 감옥으로 아버지가 찾아온 것이었다. 그것은 죽음을 앞둔 쥘리엥에게 가하는 마지막 폭격과도 같았다. 그는 쥘리엥을 보자마자 달려들며 욕을 퍼부었다. 쥘리엥은 아버지를 어떻게든 빨리 돌려보내고 싶은 마음에 묘안 하나를 생각해 냈다.

"저축해 둔 돈이 있어요. 아버지, 그걸 어떻게 할까요?"

이 말에 영감의 안색이 싹 바뀌었다. 그는 돈을 남에게 가로채이지 않으려는 욕심에 화난 기색을 애써 누그러뜨렸다. 이런 것이 부성애라니! 쥘리엥은 비통할 따름이었다. 그러나 한편으론 속내가 빤히 들여다보이는 아버지가 발르노 같은 놈보다야 몇 배 낫다는 생각도 들었다. 높은 지위의 사람들은 아직 잡히지 않은 사기꾼들이나 다름없었다. 법의 미명 아래 자신을 심판한 자들도 결국 같은 인간들이었다. 발르노는 살인죄를 저지른 자신보다 사회에 더 큰 해악을 끼치는 놈이라고, 쥘리엥은 생각했다.

죽지 않으려고 그런 부류의 인간들에게 아쉬운 소리를 할 생각은 추호도 없었다. 무엇보다 자존심이 허락하지 않았다. 그래서 항소하겠다는 생각 따위는 싹 사라지고 말았다.

보통 사람들에게 고립된 삶은 고통일 것이었다. 그러나 쥘리엥은 자신이 비록 감옥 안에 갇혀 있긴 하지만, 그것이 세상으로부터의 고립이라고는 생각지 않았다. 다만 가장 괴로운 것은 다가올 죽음이나 감옥의 더러운 공기가 아니라, 드 레날 부인과 헤어져야 한다는 사실이었다.

그는 마지막 선택을 했다.

사형 집행일을 며칠 앞둔 어느 날, 드 레날 부인이 다시 쥘리엥을 찾아왔다. 그녀는 그를 꼭 껴안으며 말했다.

"내겐 당신이 제일 중요해요. 내 인생의 전부죠. 그래서 베리에르에서 도망쳐 나왔어요."

사흘 동안 그들은 생애에서 가장 행복한 시간을 보냈다.

드 레날 부인은 쥘리엥을 언제든지 볼 수 있도록 적지 않은 돈으로 간수들을 매수해 놓고 있었다. 두 사람은 미래에 대한 생각 같은 건 하지 않았다. 드 레날 부인이 파리 국왕에게 호소해 보겠다고 했지만, 쥘리엥은 그렇게 한다면 자살해 버리겠노라고 엄포를 놓았다.

그는 부인에게 종종 이런 얘기를 하곤 했다.

"우리가 베르지의 정원을 산책하던 그 시절, 저는 충분히 행복할 수 있었습니다. 허나 부질없는 야망 때문에 멀리로만 돌아다니고, 결국 이렇게 미래를 잃고 말았어요. 부인이 감옥에 찾아와 주지 않았다면 저는 행복이 영영 무언지도 모르고 죽어야 했을 겁니다."

반면 타오르는 질투심 때문에 반미치광이가 된 마틸드는 사람을 시켜 드 레날 부인을 미행하기까지 했다. 그녀는 복수조차 할 수 없는 허망한 질투심과 쥘리엥이 석방된다 해도 마음을 되돌리기 어려울 것 같은 불행을 한꺼번에 느꼈다. 그럼에도 마틸드는 그 불성실한 애인을 더욱더 열정적으로 사랑했다. 쥘리엥은 자기 때문에 망가진 마틸드의 인생이 가여워 되도록 최선을 다하려 애썼다. 하지만 드 레날 부인에 대한 뜨거운 사랑이 늘 그의 노력을 넘어서 버렸다.

사형 집행일 아침의 햇빛은 찬란했다. 쥘리엥은 오랜만에 깨끗한 바깥 공기를 마시니 기분이 날아갈 듯 가벼웠다. 오랜 세월 바다를 떠돌던 선원이 뭍에 첫발을 내딛는 상쾌한 기분이랄까. 그는 스스로에게 말했다.

"그래, 모든 게 잘되어 가고 있어. 무엇보다 아직 내겐 용기가 남아 있잖아."

죽음을 바로 눈앞에 둔 순간만큼 세상이 아름다워 보일 때가 또 있을까. 쥘리엥의 머릿속에 베르지의 숲을 거닐던 순간들이 물밀듯 밀려들었다. 그의 짧은 생을 통틀어 가장 찬란했던 시간이었다.

모든 일은 간단히, 그리고 자연스럽게 끝이 났다. 쥘리엥은 담담히 최후를 맞이했다. 단두대 역시 제 역할을 아무 문제 없이 해냈다.

죽기 며칠 전, 쥘리엥은 푸케를 불렀다. 사형 집행일 아침 마틸드와 드 레날 부인을 마차에 태워 되도록 멀리 떠나 달라고 부탁하기 위해서였다.

"두 사람이 서로 싸울지도 모르겠어. 아니면 서로 부둥켜안고 울 수도 있겠지. 하지만 가슴이 찢어질 것 같은 슬픔은 잠시나마 잊을 수 있을 거야. 그리고 나는 베리에르가 내려다보이는 산 속 동굴에서 쉬고 싶어. 혹시 알아? 죽은 뒤에도 감각이 남아 있을지. 예전에는 그 동굴 속에 들어가 글을 쓰고 가슴속 야망을 불태우곤 했었지. 내겐 아주 소중한 장소야. 브장송의 수도회 사람들은 돈이라면 무슨 일이든 할 거야. 흥정만 잘하면 내 시신을 자네에게 팔지도 몰라. 그럼 날 그곳에 묻어 줘, 친구."

그는 드 레날 부인에게도 유언을 남겼다. 절대 스스로 목숨을 끊지 말 것, 그리고 끝까지 살아 남아 마틸드의 아기를 돌보아 달라는 간곡한 부탁이었다.

푸케는 수도회 사람들에게 꽤 많은 비용을 지불하고 나서야 쥘리엥의 시신을 건네받을 수 있었다. 그와의 슬픈 약속을 꼭 지키고 싶었기 때문이었다.

집으로 돌아온 푸케는 홀로 친구의 시신을 지키며 밤을 새웠다. 그런데 놀랍게도 마틸드가 나타났다. 푸케는 자신의 눈을 의심했다. 바로 몇 시간 전에 브장송에서 사십 킬로미터나 떨어진 곳에 내려다 놓고 온 그녀였다. 마틸드의 얼굴에는 광기가 어려 있었고, 불타오르는 눈동자는 무언가를 찾기 위해 이리저리 헤매고 있었다.

"그 사람을 봐야겠어요."

그녀의 목소리는 가늘게 떨리고 있었다.

푸케는 말할 기력도, 일어날 기력도 없었다. 그는 손가락으로 마룻바닥 위의 푸른색 담요를 가리켰다. 쥘리엥의 싸늘한 시신이 그 속에 있었다.

마틸드는 담요 앞에 털썩 무릎을 꿇었다. 보니파스 드 라 몰에 대한 기억이 그녀에게 용기를 주었다. 그녀는 떨리는 손으로 담요를 젖혔다. 푸케는 차마 보지 못하고 고개를 돌렸다.

마틸드는 방 안을 빠르게 왔다 갔다 하며 여기저기 촛불을 켰다. 푸케가 살짝 고개를 돌려 그녀를 바라보았다. 그녀는 쥘리엥의 머리를 탁자 위에 올려놓고 그 이마에 오래도록 입을 맞추고 있었다.

다음 날 여러 명의 신부가 찾아왔다. 그들은 관을 들고 베리에르 교외의 산허리에 나 있는 좁은 길을 따라 걸었다. 산 정상 근처에 있는 작은 동굴로 올라가기 위해서였다. 쥘리엥이 묻어 달라고 부탁한 바로 그 동굴이었다. 장례 행렬이 그곳에 도착했을 즈음, 날은 완전히 어두워져 아무것도 보이지 않았다.

마틸드는 검은 천을 덮은 마차를 타고 무덤까지 따라갔다. 마틸드의 무릎 위에는 그녀가 그토록 열렬히 사랑했던 한 남자의 머리가 소중히 올려져 있었다.

수백 개의 촛불을 밝힌 동굴 안은 대낮보다 환했다. 신부들이 장례식을 올렸다. 동굴 바깥에는 산골 마을 주민들이 호기심 가득한 얼굴을 하고 모여 있었다.

마틸드는 발까지 덮는 긴 상복을 입고 그들 사이에 나타났다. 장례식이 끝나자 그녀는 마을 사람들에게 수천 프랑을 뿌려 나눠 주었다.

푸케와 단둘이 남게 된 그녀는 사랑하는 사람의 머리를 자기 손으로 직접 묻겠다고 끝까지 고집을 부렸다. 푸케는 가슴이 터질 듯한 슬픔에 몸조차 가누지 못했다.

마틸드는 훗날 이탈리아에서 많은 돈을 들여 조각한 돌을 가져와 동굴을 장식했다. 자신이 쥘리엥을 얼마나 사랑했는지 보여 주기 위해서였다,

드 레날 부인 또한 쥘리엥과의 약속을 성실히 지켰다. 그녀는 결코 스스로 목숨을 끊으려 하지 않았다. 하지만 쥘리엥이 죽은 지 사흘째 되는 날, 자신의 아이들을 마지막으로 껴안아 본 뒤 영원히 눈을 감았다.

열정이 지나간 자리에서
생을 바라보다

전종옥 _ 현재 서울 양서중학교 교장

적과 흑, 그 안에 숨겨진 비밀을 찾아서

속임수나 거짓이 절대 통하지 않는 정직한 세계. 입 밖으로 말한마디 내뱉지 않고도 마주 앉은 사람과 많은 대화를 나눌 수 있는 놀이.

바로 '바둑'을 두고 하는 말들이다. 비록 19×19줄로 이루어진 작은 나무 판 위에서 흑과 백의 돌을 놓고 벌이는 간단한 승부지만, 자세히 들여다보면 그 안에는 인생의 무수한 법칙들이 들어가 있다. 그래서 흔히들 바둑을 '인생의 축소판'이라고 하는 게 아닐까?

그런데 뜬금없이 웬 바둑 이야기냐고? 프랑스 작가 스탕달의 장편 소설인 《적과 흑》이 바로 바둑과도 같은 매력을 지녔기 때문이다. 흑과 백으로 나뉘는 바둑처럼 이 소설 역시 '적과 흑'이라는 색의 대립으로 이루어진 특정한 상황과 맞닿아 있다. 그리고 그 안에는 마치 바둑의 그것처럼 다양한 의미망들이 씨줄과 날줄로 촘촘하게 엮여 있다.

그렇다면 《적과 흑》에서 '적(赤)'은 무엇이며, 또 '흑(黑)'은 무엇일까? 이 두 가지 색깔은 서로 어떤 관계를 맺고 있을까?

자, 이제부터 그 숨겨진 비밀을 찾아 작품 속으로 들어가 보자.

영화 《적과 흑》(1954)의 원본 포스터. 외국 인터넷 사이트에서 우리나라 돈으로 약 25만 원에 판매되고 있다.

어느 하층 계급 청년의 사랑과 야망

1820년대 말, 프랑스의 작은 지방 도시 베리에르. 가난한 목수 집안의 막내아들로 태어난 쥘리엥 소렐은 책 읽기와 공상하기를 좋아하는 청년이다. 누구보다 섬세한 감성을 지녔지만, 출세를 위해서라면 어떠한 고난도 이겨 낼 각오가 돼 있을 만큼 야심가이기도 하다. 그러나 무식한 아버지와 두 형은 유난히 몸이 약한 그를 늘 무시하고 괴롭힌다.

그러던 어느 날, 쥘리엥의 인생에 뜻하지 않은 기회가 찾아온다. 베리에르의 시장인 드 레날 씨 집에 가정교사로 들어가게 된 것이다. 비록 가난한 집안에서 나고 자랐지만, 쥘리엥은 셸랑 신부에게 신학을 배운 덕에 뛰어난 라틴 어 실력을 지니고 있었다.

쥘리엥은 귀족 계급에 대한 반발심으로 시장의 아내인 드 레날 부인에게 접근하기 시작한다. 그녀 역시 한 남자의 아내라는 사실을 망각한 채 똑똑하고 잘생긴 쥘리엥에게 속수무책으로 빠져든다. 서로의 마음을 알아차린 두 사람은 급속도로 가까워진다. 그러나 둘의 관계는 쥘리엥을 사모하던 하녀에게 발각되고, 엎친 데 덮친 격으로 평소 부인에게 관심이 많았던 빈민 수용소장 발르노의 모함을 받는 지경에까지 이른다. 결국 그는 드 레날 씨의 집을 나와 브장송으로 향한다.

셸랑 신부의 추천으로 신학교에 입학한 쥘리엥은 돈이나 출세에만 혈안이 되어 있는 신학생들 틈

작품의 배경이 된 베리에르의 실제 모습

에서 힘겨운 나날을 보낸다. 틈틈이 드 레날 부인의 편지가 신학
교로 도착하지만, 교장인 피라르 신부는 이를 중간에서 가로채
없애 버린다.

한편 쥘리엥의 능력을 높이 산 피라르 신부는 그에게 교사 일
을 맡긴다. 그러나 피라르 신부 자신은 교장 자리를 노리는 또 다
른 신부의 계략으로 쫓겨나야 할 상황에 놓인다. 피라르 신부는
쥘리엥에게 파리로 가서 공부할 것을 권유하면서, 자신과 친분
이 있는 드 라 몰 후작의 비서 자리를 소개시켜 준다.

파리로 떠나기 전, 쥘리엥은 드 레날 부인을 만나기 위해 베리
에르로 향한다. 모두가 잠든 깊은 밤, 드 레날 부인의 방에 몰래
침입한 쥘리엥은 그녀에게 자신의 마음을 고백하고, 부인 역시
그런 쥘리엥의 모습에 큰 감동을 받는다. 마침내 서로의 마음을
다시 한 번 확인한 두 사람은 위험하지만 황홀하기 그지없는 이
틀 밤을 보낸다.

《적과 흑》의 내용을 그린 삽화. 가정교사로 들어가게
된 쥘리엥이 드 레날 부인과 첫 인사를 나누고 있다.

드 레날 부인과의 짧은 만남을 뒤로
한 채 파리로 간 쥘리엥은 드 라 몰 후
작의 비서로 일하며 두터운 신뢰를 받
기 시작한다. 후작에게는 마틸드라는
아름다운 딸이 있는데, 그녀는 여느
남자들과 사뭇 다른 쥘리엥에게 호감
을 갖게 된다. 시간이 흐를수록 마틸
드는 더욱 적극적인 애정 공세를 펼치
고, 쥘리엥 역시 그런 그녀에게 서서
히 마음을 빼앗긴다.

급기야 쥘리엥의 아이를 갖게 된 마
틸드. 그녀는 하층 계급인 쥘리엥과

결혼을 하기로 결심하고, 자신들의 관계를 아버지에게 알린다. 딸을 좋은 가문에 시집보내려 했던 후작은 길길이 날뛰며 반대하지만, 마틸드의 끈질긴 요구에 결국 쥘리엥을 받아들인다. 그러나 때마침 쥘리엥의 행실을 낱낱이 밝힌 드 레날 부인의 편지가 후작에게 전달되고, 쥘리엥과 마틸드의 결혼 계획은 한낱 물거품이 된다.

모든 것이 드 레날 부인의 계략이라고 생각한 쥘리엥은 그녀에게 복수하기 위해 베리에르로 향한다. 극도로 흥분한 쥘리엥은 결국 드 레날 부인을 권총으로 쏘고 감옥에 갇힌다. 다행히도 드 레날 부인은 크게 다치지 않았으나, 그는 베리에르 감옥에서 브장송 감옥으로 이송되어 재판을 기다리는 신세가 되고 만다.

마틸드와 드 레날 부인은 하루가 멀다 하고 감옥을 찾아와 성심성의로 쥘리엥을 돌본다. 쥘리엥의 오랜 친구인 푸케 역시 온갖 위험을 감수하면서까지 그의 목숨을 구하기 위해 애쓴다.

그러나 그들의 눈물겨운 노력에도 불구하고 쥘리엥은 배심원단으로부터 사형을 언도받는다. 쥘리엥은 마틸드에게 자신이 죽으면 다른 귀족 남자와 결혼을 하라고 하고, 드 레날 부인에게는 마틸드가 낳을 아이를 맡아 달라는 유언을 남긴다.

마침내 단두대의 이슬로 사라진 쥘리엥 소렐. 마틸드는 그를 위해 성대한 장례식을 치르고, 드 레날 부인은 쥘리엥이 죽은 뒤 사흘 만에 숨을 거두고 만다.

영국 BBC에서 미니 시리즈로 제작한 〈적과 흑〉의 한 장면. 이완 맥그리거와 레이첼 와이즈가 각각 쥘리엥과 마틸드로 출연했다.

대혁명이 휩쓸고 지나간 프랑스, 그리고 《적과 흑》

남녀 간의 사랑을 소재로 다루었다는 점만 본다면 《적과 흑》은 전형적인 연애 소설의 범주에 속한다. 그래서 작품이 발표된 1830년대에는 대중들로부터 '자극적인 소재로 범벅이 된 싸구려 통속 소설'이라는 혹독한 비난을 받기도 했다. 당시 프랑스 사회는 귀족 부인과 하층 계급 청년의 치정을 아무 거리낌없이 받아

1815년 6월에 일어난 워털루 전투에서 도주하는 나폴레옹 군대를 그린 그림

들일 만큼 열려 있지 않았다.

사실 《적과 흑》은 한마디로 명확히 정의할 수 없는 작품이다. 이야기를 담고 있는 시대가 단순히 배경에 머무르는 게 아니라 당대의 현실을 속속들이 보여 주는 거울 역할을 하고 있기 때문이다.

《적과 흑》은 나폴레옹이 몰락한 뒤부터 1830년 7월 혁명이 일어나기 전까지의 프랑스를 배경으로 하고 있다. 이러한 시대적 배경은 인물의 성격과 사건, 주제 등과 밀접하게 관련되어 있다. 따라서 《적과 흑》을 제대로 감상하려면 프랑스 대혁명이나 나폴레옹의 출현 같은 역사적인 사실에 대한 이해가 먼저 뒷받침되어야 한다.

1789년 프랑스에서는 대혁명이 일어났다. 이를 계기로 부르봉 왕조의 루이 16세를 정점으로 한 성직자(제1신분)와 귀족(제2신분) 계층의 부패하고 낡은 체제가 한꺼번에 무너졌으며, 반대로 평민(제3신분) 계층이었던 부르주아들은 권력을 얻게 되었다.

혁명이 일어나기 전, 고작 전체 인구의 2%에 불과했던 1·2신분은 봉건적 특권 아래 영토의 대부분을 소유하고 있었다. 따라서 인구의 대부분을 차지하던 제3신분의 불만은 눈덩이처럼 불어날 수밖에 없었다. 거기에다 왕실의 사치와 미국 혁명 지원 등으로 인한 국가 재정난과 상공업으로 재산을 모은 시민 계급의 성장이 맞물리면서, 결국 구체제를 한꺼번에 무너뜨리는 대혁명으로 이어진 것이었다.

그 결과, 권력을 잡은 자코뱅파는 혁명에 반대하는 세력을 처형하는 등 공포 정치를 펴는 한편, 모든 시민에게 선거권을 주어 제3신분의 권리를 신장시켰다. 자코뱅파의 급진적인 개혁이 계속되자, 이를 지켜보던 온건 공화파는 일제히 들고 일어나 반동을 일으켰다. 그들은 자코뱅파의 핵심 인물인 로베스피에르를 처형하고 급기야 총재 정부를 세웠다.

그러나 총재 정부도 오래가지는 못했다. 1799년 나폴레옹 보나파르트가 일으킨 쿠데타에 맥없이 무너지고 말았던 것이다. 권력을 장악한 나폴레옹은 1804년에 프랑스 최초로 황제(제1제정)의 자리에 올라 독재 정치를 펼치기 시작했다. 그는 만민 평등의 정신을 골자로 한 나폴레옹 법전을 만들어 산업을 장려하고, 국민 교육 제도를 통해 일대 혁신을 일으켰다.

그러나 빛은 항상 그림자를 몰고 오는 법. 나폴레옹의 개혁은 평민과 부르주아들에게는 큰 지지를 받았지만, 마음껏 누려 오던 특권을 한순간에 빼앗긴 귀족과 성직자들로부터는 많은 원성을 샀다. 결국 1816년에 나폴레옹이 쫓겨나자, 여러 나라의 왕과 귀족들은 기다렸다는 듯이 '빈 체제'를 등장시켰다. 오스트리아, 프로이센, 영국, 러시아 등이 동맹한 빈 체제는 '이전으로 돌

나폴레옹 보나파르트 Napolén Bonaparte

나폴레옹(1769~1821)은 프랑스 남부에 위치한 코르시카 섬의 귀족 가문에서 태어났다. 절대 왕정 시대에 아버지의 권유로 군인이 된 나폴레옹은 프랑스 대혁명이 일어나자 자코뱅 단에 가담해 전투를 승리로 이끌었다. 자코뱅당의 지도자인 로베스피에르가 처형되면서 그도 한차례 죽을 고비를 맞기도 하지만, 영국과 프로이센, 오스트리아의 지원을 등에 업고 국민 공회를 뒤엎으려는 왕당파들을 격파하면서 다시 화려하게 부활했다.

그 뒤 조세핀과 결혼을 한 그는 여러 전쟁을 승리로 이끌며 군사적인 명성을 떨쳤다. 1799년 쿠데타를 통해 총재 정부를 뒤엎은 나폴레옹은 제1통령, 종신 통령에 이어 마침내 프랑스 제국의 황제 나폴레옹1세에 올랐다.

멈출 줄 모르는 그의 기세를 두려워한 다른 왕조들이 대불 동맹을 결성하자, 나폴레옹은 영국을 공격하다가 트라팔가 해전에서 넬슨 제독의 함대에 참패를 당했다. 그러나 육지에서는 러시아와 프로이센 연합군을 격파했고, 오스트리아군마저 굴복시켜 유럽은 거의 그의 손아귀에 들어갔다.

나폴레옹은 친족들을 각국의 왕으로 앉히고 위성국으로 만들어 버렸다. 그러나 영국을 굴복시키기 위한 대륙 봉쇄령은 이내 반발을 불러일으켰고, 이에 나폴레옹은 프로이센을 격파하고서 러시아로 70만 대군을 동원해 밀고 들어갔다. 그러나 추위와 러시아군의 유인 전술에 말려 크게 패했고, 이이 대불 동맹군에게 또 한 번 패함으로써 1814년 황제 자리에서 쫓겨나 엘바 섬에 갇히는 신세가 되었다.

그 뒤 다시 섬을 탈출해 잠시 프랑스 황제 자리에 오르지만, 결국 워털루 전투에서 패하여 세인트헬레나 섬으로 유배되었다가, 그곳에서 51세에 위암으로 세상을 떠났다.

이십대 후반의 나폴레옹 보나파르트 장군. 열정적인 청년의 모습이 당시의 위용을 말해 주는 듯하다.

1814년 자크 루이 다비드의 작품으로, 다소 지쳐 보이는 표정이 젊은 시절의 모습과 사뭇 대조적이다.

아가자'라는 기치 아래 자유주의와 민족주의를 탄압하기에 이르렀다.

《적과 흑》은 바로 이러한 시대적 흐름을 바탕에 두고 전개된다. 그래서 작품 곳곳에는 나폴레옹과 자유주의자를 향한 귀족 계층의 비난과 분노가 고스란히 담겨 있다. 침대 밑에 숨겨 둔 나폴레옹의 초상화를 드 레날 씨에게 들키기라도 할까 봐 전전긍긍하는 쥘리엥의 모습은 이를 잘 말해 준다.

또 자유주의자를 끌어들였다는 이유로 셸랑 신부를 면직시킨 드 레날 씨의 행동이나 시장 자리를 놓고 벌이는 발르노와의 암투 등은 또다시 권력을 빼앗길지 모른다는 지배 계급의 불안과 공포가 여실히 남아 있음을 암시하는 대목이기도 하다.

거울에 비추어진 왕정 복고기의 사회상

'1830년대의 연대기'라는 부제에서도 알 수 있듯이, 우리는 이 작품에서 프랑스 왕정 복고 시대의 정치적인 상황과 마주하게 된다. 스탕달은 왕정 복고라는 반동 체제 말기의 어지러운 사회상을 정확하게 포착한 뒤, 작중 인물들의 심리나 행동을 통해 이를 구체적으로 제시한다. 다시 권력을 장악한 뒤 추악한 행위를 일삼는 왕당파나 진보 사상을 내걸고는 자신의 이익 챙기기에만 급급한 자유주의자, 정치적 음모의 소용돌이에 휩쓸린 성직자 등 7월 혁명이 일어나기 전까지의 다양한 인간 유형이 생생하게 형상화되어 있는 것이다.

그래서일까. 이 작품은 섣불리 내일을 말하지 않는다. 오직 간결하고 정확한 문체로 '오늘'을 직시할 뿐이다. 《적과 흑》이 '사실주의 소설의 선구자적인 작품'이라는 평가를 받는 이유 가운데 하나이다.

"소설은 사회를 적나라하게 비추는 거울이며, 소설가는 그 거울을 들고 길을 떠나는 사람이다."

사실주의에 기반을 둔 스탕달의 말이다. 이렇듯 그는 실재하는 사건이나 문서 등을 거울로 삼아 자신만의 작품 세계를 만들어 나갔다.

1820년대에 실제 일어났던 형사 재판 사건을 실마리로 구상한 《적과 흑》은 바로 그런 의지의 결실이라 할 수 있다. 당시 《법정 신문》에 실렸던 '베르테 사건'과 '라파르그 사건'을 바탕으로, 하층민 출신의 정열적인 주인공 쥘리엥 소렐을 창조한 것이다. 그의 또 다른 대표작인 《파르마의 수도원》역시 중세 이탈리아의 고문서를 바탕으로 쓴 작품이다.

영화 〈파르마의 수도원〉의 포스터. 〈적과 흑〉에서 쥘리엥 소렐 역을 연기한 제라르 필립이 주연을 맡았다.

스탕달은 《적과 흑》의 서문에서 "소설이란 세상의 모습을 충실하게 반영하는 거울로서, 비록 추악한 얼굴이나 더러운 거리를 비추더라도 그건 거울의 죄가 아니다."라고 자신의 견해를 밝히기도 했다.

앞에서도 얘기했듯이 《적과 흑》은 세 남녀의 엇갈린 사랑 이야기를 기본 얼개로 삼고 있다. 하지만 왕정 복고기라는 복잡한 시대를 산 인간들이 자신의 생존과 이익을 위해 어떻게 행동하는가를 소설 속에 완벽하게 재현함으로써, 다양한 의미망을 갖춘 '명작'으로 거듭난 것이다.

프랑스 혁명기에 결성된 급진파들의 모임. 특히 국민 공회 시대에는 산악당 의원의 모체가 되었다. 원래는 본부를 자코뱅 수도원에 둔 '헌법을 위한 우인(友人)의 모임'에 불과했지만, 로베스피에르 등을 중심으로 1792년 8월 파리 시민의 봉기를 기회로 사회 혁명을 추진시키기 위한 강령을 수립하였다. 또한 이를 수행하기 위해 지롱드 당의 자유주의 경제, 부르주아 본위의 정책에 맞선 인민주의의 입장을 강력하게 주장했다.

이른바 '자코뱅주의'란 로베스피에르 등 고유 당원의 정치 구상으로서, '덕(德)'을 공화정의 중심 뼈대로 삼고 노동에 의하여 공사(公私) 모두 충실한 생활을 하는 소농민이나 소생산자층의 국가를 수립하는 것을 목표로 했다.

프랑스 리옹에 있는 자코뱅 광장

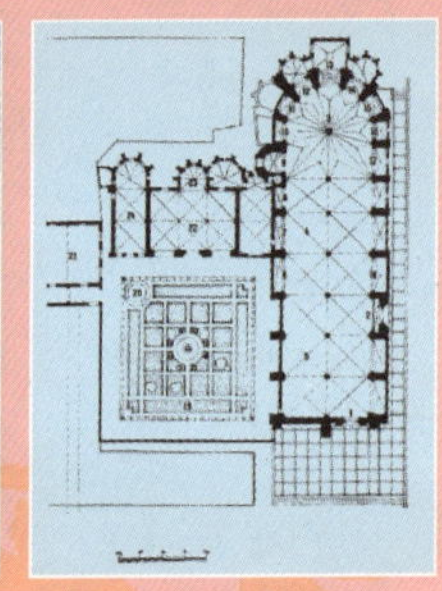

자코뱅 교회의 내부 구조를 알 수 있는 단면도

무엇이 '적'이고, 무엇이 '흑'인가

문학 작품의 제목에 특정한 색이 사용된 경우를 우리는 흔히 볼 수 있다. 그것은 각각의 색이 지닌 고유한 이미지가 작품의 분위기나 주제와 밀접한 관련이 있음을 의미한다.

먼저 호손의 《주홍 글씨》부터 살펴보자. 주인공인 헤스터 프린은 간통을 했다는 이유로 가슴에 붉은색 'A' 자를 새기고 살아야 하는 형벌을 받는다. 이 작품에서 붉은색은 'A'와 함께 죽을

1926년에 만들어진 영화 《주홍 글씨》의 한 장면. 우리 나라에서는 1929년 조선극장에서 개봉되었다. 헤스터 프린의 가슴에 새겨진 글자 'A'가 눈에 띈다.

때까지 사라지지 않는 간통과 불륜을 상징한다.

보통 흰색은 그 깨끗한 이미지 때문에 더럽혀지기 쉬운 연약한 것으로 많은 이들에게 각인되어 있다. 그러므로 '백설 공주', 즉 '흰 눈 같은 공주'는 절대로 나쁜 짓을 하지 못하는 순수한 존재로 표현된다.

도스토예프스키의 《죄와 벌》이 누가 어떤 '죄'를 지었고, 어떤 '벌'을 받는가에 대한 호기심을 불러일으켜 우리를 그 세계로 깊이 끌어들이는 것처럼, '적과 흑'이라는 제목 역시 독자들의 호기심을 자극하기에 충분하다. 그렇다면 과연 '적'과 '흑'이란 무엇을 말하는 것일까?

많은 이들이 '흑'을 성직자로, '적'을 살인자 또는 사제복에 튄 핏자국으로 해석한다. 이 주장은 쥘리엥이 드 레날 부인을 권총으로 쏘는 내용과는 맞아떨어지지만, 그것이 매우 단편적인 데다 우발적인 상황이라는 점에서 볼 때 다소 설득력이 떨어진다.

쥘리엥이 신분 상승의 방편으로 군대와 성직을 꼽았듯이 '적'은 그 당시 기마병의 제복, 즉 군대를 상징하고, '흑'은 사제들의 사제복으로 대변되는 교권을 뜻한다고 말하는 이들도 있다. 그 밖에도 '적'은 공화주의를, '흑'은 교권을 중심으로 귀족 계급과 한 패를 이룬 반동적 음모를 의미한다는 해석도 있다.

이 모든 이야기를 종합해 볼 때, '흑'은 사제복으로 대표되는 교회 또는 교권을 뜻함을 알 수 있다. '적'과 '흑'이 어떤 대립적인 위치에 있는 것이라면, '적'은 교회와 귀족에 맞섰던 나폴레옹 군대나 '자유주의', '공화주의' 사상을 의미한다. 이를 주인공 쥘리엥의 선택이라는 관점에서 보면 사제가 되는 길인 '흑'을 선택할 것인가, 아니면 기병이나 나폴레옹 군대가 되는 길인 '적'을 선택할 것인가의 문제로 다가오기도 한다.

물론 앞서 얘기한 것 말고도 다른 해석들이 충분히 가능하다. 문학 작품을 어느 한쪽으로만 해석하려 드는 태도는 바람직하지 않다. 주제에 대한 다양한 이해와 접근은 작품의 의미를 더욱 풍성하게 만들기 때문이다. 그렇다면 여러분이 생각한 '적'과 '흑'의 의미는?

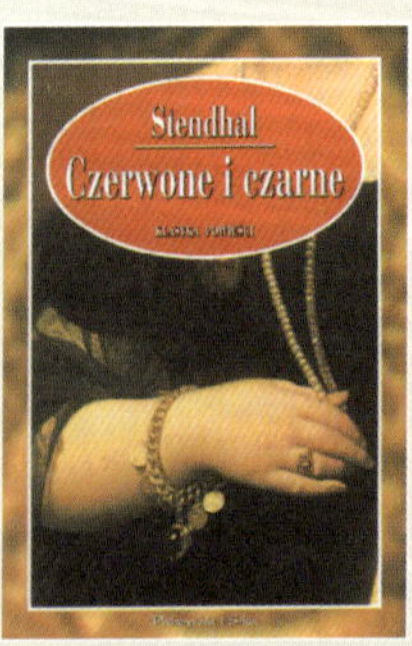

《적과 흑》의 다양한 판본들

프랑스 대혁명,
변혁의 시기를 살아가는 다양한 계급들

《적과 흑》에 등장하는 사회 계급은 크게 셋으로 나눌 수 있다. 대혁명 이전에는 성직자 계급·귀족 계급·제3신분이 비교적 엄격하게 구분되었지만, 혁명이 일어나면서 점점 모호해졌다. 이는 결국 성직자와 귀족 계급의 영향력이 상대적으로 약화되었음을 의미한다. 이 과정에 대해 좀더 구체적으로 살펴보자.

살롱 문화를 즐기던 당시 귀족들의 모습

당시 귀족 계급은 '살롱'을 중심으로 관계를 형성하고 세력을 유지했다. 이들은 왕정이 복고되면서 잃어버렸던 권력을 겨우 되찾긴 했지만, 지위는 이전과 비교도 할 수 없을 만큼 실추되었다.

시골 귀족을 대표하는 드 레날 씨의 경우가 바로 그 대표적인 예이다. 그의 행동이나 생활 방식은 귀족다운 품위와는 거리가 멀다. 단지 귀족을 뜻하는 '드(de)'라는 허울 좋은 이름만 지니고 있을 뿐이다. 아이들을 위해 가정교사를 두는 등 겉모습은 어느 정도 귀족의 틀을 갖추고 있지만, 돈에 지나치게 집착하는 '부르주아화'된 귀족인 것이다.

살롱의 주인인 드 라 몰 후작 부인의 경우도 마찬가지. 그녀는 가문의 영예로운 과거를 뽐내는 인물이다. 살롱에 출입하는 파리의 다른 귀족들 역시 사소한 잡담 따위로 시간을 허비하는 속물적인 인물로 묘사된다. 그들은 야망으로 똘똘 뭉친 쥘리엥에 비해 한없이 무기력해 보인다.

예수회를 창설한 이그나티우스 드 로욜라
(Ignatius de Loyola, 1491~1556)

이탈리아 로마에 있는 로욜라의 제단. 예수회의 일원이었던 안드레아 포조가 직접 설계했다.

그나마 귀족 계급의 명맥을 잇는 인물은 드 라 몰 후작 정도이다. 부르주아화된 소귀족들과는 달리 관대함과 절제 같은 귀족의 풍모를 결코 잃지 않는다. 그럼에도 그는 하층민과 부르주아뿐만 아니라 시골의 소귀족까지 한데 몰아 경멸한다.

다음으로 성직 계급이 있다. 이들은 대혁명으로 국가에 내놓은 재산과 이전에 누렸던 특권을 되찾기 위해 귀족 계급과 긴밀하게 협력한다. 또한 사제들의 활동과 교육과 선전 등을 통해 국민들의 마음을 되돌리려 노력한다. 브장송의 신학교에 수많은 농부의 자식들이 몰려든다는 소설 속 내용은 바로 그곳이 생계와 명예를 한꺼번에 해결할 수 있다는 당시의 믿음에서 비롯된 것이다. 하층민인 쥘리엥이 출세할 수 있는 유일한 길이 사제가 되는 것이라 믿고 '적' 대신 '흑'을 택한 이유도 바로 여기에 있다.

세속에 물든 교회는 고위 성직자들을 '뛰어난 음모가'로 만들었다. 그들의 사회적 위신이 바닥에 떨어진 건 당연한 결과였다. 사제를 길러 내는 목적 역시 무조건 교회를 따르는 편협한 신앙인을 길러 내는 데 있었다. 이렇게 교육된 사제들은 보수적인 입장을 고수한 채 반(反) 혁명에 앞장섰다. 가장 대표적인 유형으로 예수회 파를 들 수 있다.

대담하게! 더 대담하게! 항상 대담하게!
혁명가 당통 이야기

프랑스의 혁명가이자 정치가. 랭스에서 법학을 공부한 뒤 왕실 고문회 소속의 변호사로 활동했다. 1789년에 대혁명이 일어나자 파리의 자코뱅당에 가입해 혁명 운동을 주도했으며, 코뮌과 의회 사이의 조정 역할을 한 공로를 인정받아 법무 장관을 지내기도 했다.

당통은 웅변가로도 이름을 날렸는데, '대담하게! 더 대담하게! 항상 대담하게'라는 그의 정치적 슬로건은 열정적인 혁명가로서의 단면을 잘 보여 준다.

그는 자코뱅당의 우익인 '관용파'의 지도자로서 혁명의 속도를 늦추기 위해 애를 썼다. 무엇보다 혁명적 독재와 공포 정치의 완화를 강력하게 요구했는데, 결국 1794년에 로베스피에르에 의해 숙청, 기요틴에서 죽음을 맞았다.

당통(Danton, 1759~1794)의 초상화

그나마 긍정적으로 그려진 성직자는 셸랑과 피라르 신부다. 그들은 모범적인 가톨릭 사제로서 성실하고 진지하게 자신의 소명을 따르지만, 귀족 계급과 밀착된 당시 성직자들의 중심 세력이 될 수는 없었디.

마지막으로, 새로이 떠오르는 계급인 '부르주아'가 있다. 오늘날에는 그 말이 '자본가 계급'이라는 의미로, 농민과 노동자를 포함하는 '민중'이란 개념에 대립되어 쓰이고 있지만, 처음에는 귀족과 대립하는 말이었다.

소도시 부르주아의 전형인 발르노의 경우, 갖은 수단을 동원해 돈을 벌어 출세한 기회주의자로 그려진다. 지극히 속물적인

프랑스 귀족 가정의 일상 생활을 담은 그림

그는 드 레날 부인을 유혹하기도 하며, 귀족 흉내를 내려고 쥘리엥에게 자기 집 가정교사 자리를 제안하기도 한다. 마지막엔 배심원 대표로 나서 쥘리엥에게 사형 선고를 내림으로써, 발르노는 '저항하는 하층민'들의 기를 완전히 꺾기 위해 쥘리엥을 단죄하는 '분개한 부르주아들'의 대변인이 된다.

하층 농민의 전형인 쥘리엥의 아버지는 돈에 눈이 먼 사람이다. 그는 단두대에 목을 맡겨야 하는 아들보다 아들이 남겨 줄 돈에 더 깊은 관심을 보이는 파렴치한 인물이다.

눈앞의 이익 앞에서는 귀족과 성직자뿐 아니라 부르주아나 하층민도 똑같은 행태를 보일 수밖에 없었다. 그래서 스탕달은 자신이 부르주아 계층에 속했음에도 불구하고, 그 삶을 긍정하기는커녕 부르주아의 천박성과 어리석음을 날카롭게 비판하고 있다.

이처럼 《적과 흑》에서는 계급을 막론하고 바람직한 인간형을 찾아보기 힘들다. 이는 대혁명과 제1제정을 거치는 과정에서 이미 프랑스 사회가 심각한 변화를 겪었음을 의미한다. 다시 말해 돈이 시대를 이끄는 힘이 되고, 사회 계층을 구분하는 잣대가 되어가고 있음을 말하고 있는 것이다.

19세기 프랑스 사회를 대표하는 세 사람

《적과 흑》에서 가장 매력적인 인물은 누구일까? 우리는 어렵지 않게 마틸드와 드 레날 부인, 그리고 쥘리엥을 꼽을 것이다. 이들은 저마다의 독특한 개성을 지닌 데다, 이야기를 이끄는 '사랑'의 중심에 선 인물들이기 때문이다.

쥘리엥 소렐은 비록 미천한 신분으로 태어났지만 사회적인 불평등에 맞서 대항하는 야심찬 청년으로 그려진다.

마틸드는 여느 귀족들과는 사뭇 다른 사고방식을 지녔지만, 끊임없이 선조인 보니파스 드 라 몰을 떠올리며 자신의 가문을 자랑스러워하는 이중적인 모습의 소유자이기도 하다. 마틸드는 쥘리엥에 대한 자신의 감정을 조상의 숭고한 사랑과 연결시키며, 안전하지만 재미없는 삶을 사느니 위험하지만 정열적인 사랑을 택하리라 다짐한다. 그러나 쥘리엥이 기사 작위를 받자, 마틸드는 그를 평민의 신분에서 벗어나게 해 준 아버지 라 몰 후작에게 진심으로 감사해 한다. 이렇듯 그녀는 하층민을 사랑함으로써 자기 계급에 대항해 보지만, 귀족이라는 신분을 결코 버릴 수 없는 인물로 그려진다.

드 레날 부인은 부드럽고 다정하며 따뜻한 여인이다. 그녀는 자신의 모든 걸 바쳐 쥘리엥을 사랑한다. 그녀의 가슴에는 쥘리엥을 향한 순수한 정열로 가득 차 있다. 자신에게 총을 겨누었던 쥘리엥을 용서하고, 그를 살리기 위해 백방으로 뛰어다니는 드 레날 부인의 사랑은 눈물겹기까지 하다. 그녀의 이런 진실한 사랑은 결국 쥘리엥을 송두리째 변화시키는 기적을 만들어 낸다.

쥘리엥은 이 두 여인의 사랑을 한몸에 받는 행복한 남자이다. 그는 수려한 외모를 지녔으며, 비상한 기억력과 섬세한 감수성을 갖추었다. 열정과 순수함을 동시에 지닌 그는 나폴레옹의 숭배자로, 출세하지 못할 바에는 차라리 골백번이고 죽는 편을 택하겠다는 불굴의 결심을 다지는 인물이다.

이 대담하고 야심만만한 데다가 총명하기까지 한 하층민 청년은 시대의 반항아가 되어, 자기를 희생물로 삼으려는 사회적인 불평등, 불의에 맞서 싸우기 위해 기꺼이 목숨을 내던진다. 계급에 따라 인간의 가치와 능력을 평가하고 결정하는 사회의 편견에 정면으로 맞서는 그의 모습은 인간과 세상에 대한 작가의 꿈을 가장 성실하게 보여 주고 있다.

아직도 끝나지 않은 이야기

스탕달은 진정한 귀족이란 자기 자신의 욕망을 이루기 위해 최고의 정열과 용기를 가지고 부단히 노력하는 존재라 생각했다. 그러나 이 작품에 등장하는 귀족 계급은 귀족다운 존엄과 절제, 정열과 도전 등을 더 이상 간직하지 못한 계급으로, 세습적 사회 집단일 뿐이다. 오히려 우리는 귀족이 아닌 하층민에게서 그 욕망과 정열의 힘을 발견하게 된다.

스탕달의 초상화

그렇다고 그가 자신이 속한 귀족 계급을 버리고 부르주아와 하층민에게로 완전히 돌아선 것은 아니었다. 하층민의 행복을 간절히 바란 스탕달은 그들을 진심으로 이해하려고 노력했지만, 한편으론 하층민과 접촉하기를 꺼려하고 그들과 자신을 뚜렷이 구분하려는 모순된 태도를 보였다. "나는 가장 귀족적인 취미를 가지고 있었으며, 아직도 그렇

스탕달 신드롬 Stendhal syndrome

감수성이 풍부한 사람이 뛰어난 예술 작품을 접했을 때 순간적으로 느낄 수 있는 각종 정신적 충동이나 분열 증상을 일컫는 말이다. 1817년 스탕달이 이탈리아 피렌체의 산타크로체 성당에서 〈베아트리체 첸치〉라는 그림을 감상하고 나서 계단을 내려오던 중, 심장이 빠르게 뛰고 무릎에 힘이 빠지는 특이한 경험을 한 데서 유래되었다.

전 세계를 통틀어 가장 많은 예술 작품을 보유하고 있는 피렌체에서 수많은 관광객들이 집단적으로 이와 유사한 증상에 시달렸다는 보고서가 입수되자, 심리학자들은 이와 같은 현상을 최초로 경험한 것으로 알려진 스탕달의 이름에서 따와 '스탕달 신드롬'이라 불렀다.

스탕달 신드롬이 세계 심리학계에 특이한 현상으로 정식 보고되자, 피렌체 시당국은 관광객이 줄어들 것을 우려해 치료비로 수만 달러를 내거는 치유책을 내놓기도 했다. 하지만 정작 이탈리아를 찾는 관광객들은 이 현상을 그다지 심각하게 여기지 않는다고 한다.

귀도 레니가 그린 〈베아트리체 첸치〉. 16세기 이탈리아에 실존했던 인물로, 자신을 겁탈한 아버지를 죽여 사형을 당한 비운의 여인이다. 당시 처형 장면을 지켜보던 귀도 레니가 단두대에 오르기 직전의 그녀를 그렸다고 한다.

이탈리아 피렌체의 전경

다. 나는 하층민의 행복을 위해서라면 무슨 일이
든지 할 것이지만, 가겟방의 사람들과 더불어 살
기보다 매달 보름씩 감옥에서 보내는 편이 더 좋
겠다고 생각한다.”라는 스탕달의 말은 그의 이중
성을 잘 보여 준다.

스탕달을 인물로 한 우표. 스탕달
을 향한 프랑스 인들의 애정과 자
긍심을 엿볼 수 있다.

　이처럼 스탕달은 귀족 계급은 물론이거니와 부
르주아와 하층민에게서도 만족할 수 없었다. 그래
서 신분 상승에 대한 강한 집념을 지닌 하층민 출
신의 청년 쥘리엥이 필요했던 것이다. 이미 무너
진 ‘앙시앵 레짐(ancien réime, 불어로 ‘옛 제도’를 의
미하는 말이지만 보통 프랑스 대혁명 전의 ‘구제도’라는 특정 개념으로
쓰임)’을 음흉한 방법으로 복구시키려는 귀족과 사제들의 움직
임에 맞서면서, 사회가 혼란한 틈을 타 자신의 욕심만을 채우려
는 부르주아와 하층민을 동시에 꾸짖을 수 있는 인물. 그래서 쥘
리엥은 그 어느 쪽에서도 환영을 받지 못한다. 스탕달은 맑고 순
수한 영혼을 죽음으로 몰고 가는 타락한 사회를 고발하면서 그
들의 죄를 엄중하게 물었던 것이다.

　이제 세상이 바뀌었으니, 더 이상 쥘리엥처럼 살지 않아도 될
까? 물론 오늘날에는 법적·제도적인 신분 세습이 거의 존재하지
않는다. 따라서 당시 프랑스 사회가 처한 문제들이 그대로 현대
인들의 관심거리가 될 수는 없다.

　그러나 요즘 우리 사회를 생각해 보자. 부모의 재산이 그 다음
세대로 고스란히 대물림되는 것을 우리는 주변에서 어렵지 않게
볼 수 있다. 심지어 자식의 사회적 지위마저도 부모의 능력에 따
라 좌지우지되는 일까지 벌어지고 있다.

　이렇듯 하층민 출신인 쥘리엥 소렐의 비극은 단지 겉모습만 조금 달라졌을 뿐, 지금까지도 세계 도처에서 일어나고 있다. 안타깝게도 단두대에서 막을 내렸어야 할 비극적인 드라마는 여전히 되풀이되고 있다.

아직도 우리 사회는 쥘리엥이 그토록 바랐던 세상, 계급이나 출신 성분이 아니라 개개인의 재능과 가치에 따라 공정하게 기회가 주어지고, 대접과 인정을 받는 세상과는 거리가 있다. 그렇기 때문에 《적과 흑》은 여전히 현실적인 의미를 갖는 동시에 우리에게 많은 감동을 주는 게 아닐까?

연애의 기술? 스탕달에게 물어봐!

스탕달은 위대한 작가였지만, 일상 생활에서는 굉장한 연애 박사이자 급진적인 여성 해방론자였다. 그는 살면서 많은 여성들과 사랑에 빠졌는데, 그 경험을 십분 살려 쓴 책이 바로 《연애론》이다.

제목만 보면 딱딱하고 지루한 책으로 여기기 쉽지만, 막상 내용을 읽어보면 연애 심리서를 방불케 할 만큼 상당히 흥미롭다.

스탕달은 연애의 유형에서부터 연애의 일곱 가지 단계 등 구체적이고 실질적인 방법들을 마치 친한 친구처럼 친절하게 알려 준다. 그 밖에도 스킨십의 방법이나, 친구에게 연애 사실을 털어놓는 법, 바람 피운 걸 들켰을 때의 대처법 등 실생활에 유용한(?) 방법들이 가득 실려 있다.

그가 들려주는 '연애의 기술'에 귀를 기울이노라면, 쥘리엥과 두 여인의 심리가 절묘하게 묘사될 수밖에 없는 이유를 알 수 있다.

프랑수와 제라르 작 〈프시케와 에로스〉. 신화 속에 등장하는 프시케와 에로스의 이야기를 소재로 '신과 인간의 사랑'을 아름답게 표현한 작품이다.

쥘리엥 소렐이 죽을 수밖에 없는 까닭

독자의 입장에서 볼 때 주인공의 죽음은 그다지 달가운 일이
아니다. 게다가 쥘리엥처럼 열정적으로 한 시대를 살았던 청년
이 한순간의 잘못으로 죽어야 한다는 사실은 쉽게 받아들여지지
않을 것이다. 하지만 그 시대는 쥘리엥 같은 인물을 결코 허락하
지 않았다. 그는 체제를 흔들 수도 있는 위험한 존재였다.

쥘리엥은 나폴레옹의 숭배자였다. 나폴레옹의 권력과 고독,
운명까지도 닮고 싶어 한 사람이었다. 기득권을 되찾은 특권 계
급이 쥘리엥의 얼굴에서 혁명의 불씨를 발견한 건 당연한 일이
아니었을까. 그리하여 그들은 이 두려운 싹을 잘라 냄으로써 후
환을 없애려 한다. 쥘리엥 역시 이런 사실을 잘 알고 있었기에 스
스로 청한 죽음을 담담하게 기다린다.

《적과 흑》은 사회 현실에 적응하지 못한 어느 낭만적인 청년
의 좌절된 인생에 관한 이야기이다. 또한 그를 비극적인 죽음으
로 몰고 간 시대와 사회를 향한 준엄한 고발이기도 하다. 스탕달
은 치밀한 관찰을 통해 격변기 속에서 살아가는 인간의 삶을 통
찰력 있게 묘사함으로써, 험난한 시대를 건너갈 수 있는 또 하나
의 길을 활짝 열어 보이고 있다.

썼노라, 살았노라, 그리고 사랑했노라!

스탕달은 대혁명이 일어나기 육 년 전인 1783년, 프랑스 그르
노블에서 태어났다. 본명은 마리 앙리 베일(Marie Henri Beyle). 일

스탕달의 고향인 그르노블. 《타임》지는 이 곳을 유럽에서 가장 신비스러운 도시로 꼽았다.

몽마르트르 언덕에 자리한 스탕달의 묘

곱 살 때 어머니를 여의고 자신과는 성향이 전혀 다른 아버지와 이모 밑에서 자랐는데, 가족과의 불화로 우울한 어린 시절을 보냈다.

스탕달은 혁명 정부가 설립한 그르노블 중앙 학원에서 삼 년 동안 공부한 뒤, 1799년 파리로 건너갔다. 그러나 이공과 대학에 들어가려던 계획을 포기하고 제2의 몰리에르가 되고자 극작에 몰두했다.

1800년, 친척의 주선으로 육군성(陸軍省)에 들어간 스탕달은 나폴레옹 원정군을 따라 알프스를 넘었다. 그 뒤로 몇 차례의 승진과 함께 출셋길에 오르지만, 1814년 나폴레옹의 몰락과 더불어 실직하게 되었다. 그 후 칠 년 동안 이탈리아 밀라노에 머물면서 음악·그림·연극을 즐겼으며, 마틸드 뎀보브스키와 열렬한 연애에 빠지기도 했다. 이때에 쓴 책이 《이탈리아 회화사》,《로마, 나폴리, 피렌체》 등이며, '스탕달'이라는 필명을 사용하기 시작했다.

그는 다시 파리로 돌아와 《연애론》, 《라신과 셰익스피어》 등을 썼으며, 1830년에는 대표작인 《적과 흑》을 발표하였다. 처음 이 소설이 세상에 나왔을 때 프랑스 사회의 반응은 냉담했다. 하지만

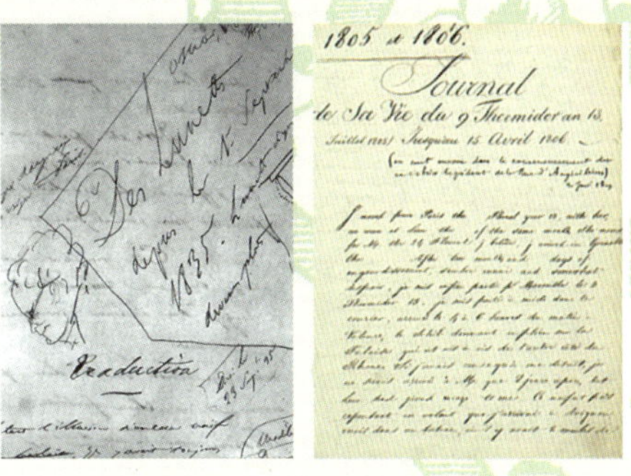

(좌) 미완성 작품으로 남은 《뤼시엥 뢰벤》의 초고. 스탕달이 직접 그린 안경을 쓴 자화상이 재미있다. (우) 스탕달의 자필 일기

시간이 지나면서 그의 작품 세계를 이해하는 독자층이 늘어났으며, 특히 치열한 사회 의식을 바탕으로 미묘한 인간 심리를 분석했다는 점에서 현대의 많은 독자들에게 커다란 공감을 얻고 있다.

1830년 7월 혁명이 일어나자, 스탕달은 새 정부에 의해 이탈리아 주재 프랑스 영사에 임명되었다. 그리 높지 않은 외교관 직이었지만 성실히 임무를 수행했으며, 이 기간에도 미완의 장편 《뤼시엥 뢰벤》, 《에고티즘의 회상》 등을 집필하였다.

1835년에 자전적인 소설 《앙리 브륄라르의 생애》를, 1939년에는 《적과 흑》과 함께 그의 양대 걸작의 하나로 꼽히는 《파르마의 수도원》을 단 오십여 일 만에 구술로 완성했다.

1842년 파리에서 뇌졸중으로 세상을 떠났으며, 그의 유해는 파리 몽마르트르 묘지에 안장되었다. 그가 남긴 유언에 따라 묘비에는 "썼노라, 살았노라, 사랑했노라"라는 묘비명이 새겨졌는데, 이 문장이야말로 스탕달의 파란만장한 삶을 잘 말해 주고 있다.

푸 른 숲
징 검 다 리
클 래 식
0 0 7

적과 흑

첫판 1쇄 펴낸날 2006년 11월 15일
　　　14쇄 펴낸날 2025년 3월 31일

지은이 스탕달　**옮긴이** 손현숙
발행인 조한나
주니어 본부장 박창희
편집 정예림 강민영
디자인 전윤정 김혜은
마케팅 김인진 김은희
회계 양여진 김주연

펴낸곳 (주)도서출판 푸른숲
출판등록 2003년 12월 17일 제2003-000032호
주소 경기도 파주시 심학산로 10, 우편번호 10881
전화 031) 955-9010　　**팩스** 031) 955-9009
인스타그램 @psoopjr　　**이메일** psoopjr@prunsoop.co.kr
홈페이지 www.prunsoop.co.kr

ⓒ푸른숲주니어, 2006
ISBN 978-89-7184-492-2 44860
　　　978-89-7184-464-9 (세트)